Rüdiger Frischmuth

FUTTERNEID
Ein Wirtschaftskrimi

Bibliografische Information der Deutschen Nationalbibliothek:
Die Deutsche Nationalbibliothek verzeichnet diese Publikation in der
Deutschen Nationalbibliografie; detaillierte bibliografische Daten sind
im Internet über www.dnb.de abrufbar.

© 2017 Rüdiger Frischmuth

Herstellung und Verlag:
BoD – Books on Demand, Norderstedt

ISBN: 978-3-7431-9695-7

Titelbild: katjagerasimova / 123RF

Dies ist eine fiktive Geschichte. Ähnlichkeiten mit real existierenden Personen, Institutionen oder Gegebenheiten wären rein zufällig und sind nicht beabsichtigt.

Ich beschäftige mich seit mehr als drei Jahrzehnten mit Süß- und Meerwasseraquaristik. Unterwasserwelten offenbaren atemberaubende Naturschauspiele. Mich fasziniert fast alles, was es als Taucher in fließenden Gewässern, Meeren oder Seen zu entdecken gibt.

Im Jahr 2000 beriet ich den innovativsten deutschen Hersteller von Aquakulturanlagen betriebswirtschaftlich. Schritt für Schritt entwickelte sich aus einer ersten Idee der Plot. Weiterführende themenspezifische Recherchen folgten. Nun ist das Werk vollbracht.

Ein Buch lässt sich nicht ohne Unterstützung erstellen und vermarkten.

Karin Reheis konzipierte das Cover, Nadine Senger lektorierte und Sven Kretzer setzte den Text. Sandra Johnson organisierte die Zusammenarbeit mit dem Verlag. Ich danke den vieren für kreative Ideen und professionelle Arbeit.

Möge Futterneid vielen Lesern Spaß bereiten und Spannung erzeugen.

Rüdiger Frischmuth, München/ Havanna im Dezember 2016

München, Tal, 10. Oktober 2015, 17:00 Uhr
Gregor Klars durchtrainierter Oberkörper drehte zur Seite.
Kraftvoll drückte er mit der Schulter die massive Eichentür ins Ladeninnere. Keinesfalls sollte seine vor wenigen Minuten penibel gereinigte Hand mit Myriaden gefährlicher Viren auf der Klinke aus Messing in Kontakt kommen. Im Kommissariat ahnte gottlob niemand von der Bakterienphobie des Polizisten.

Schwungvoll betrat er das älteste Zigarrengeschäft der bayerischen Landeshauptstadt. Eine Wolke herben Tabakgeruchs schlug ihm entgegen. Seine Lungenflügel sogen mit Rauchschwaden geschwängerte Luft ein.

Drei Dutzend Spots strahlte Feuerzeuge, Edelpfeifen und Aschenbecher an. Schreiner hatten eichene Ladentische und deckenhohe, Mahagoni hölzerne Apothekerschränke verbaut. In dutzenden Schubkästen warteten Tabakdosen, Zündsteine und Pfeifenbürsten geduldig auf Kundschaft.

Zita schüttelte Wasserreste vom einstündigen Isarspaziergang aus dem Fell. Die elfjährige Hündin zerrte Herrchen zur bekannten Futterquelle. Schwanzwedelnd erhoffte sich der Rhodesian Ridgeback Leckereien.

Mit zusammengekniffenen Augen glotzte der hochgewachsene, weißhaarige Geschäftsführer den bettelnden Vierbeiner an. Nasses Tierkurzfell schien ihm zu missfallen. Grußlos hechtete er Richtung Ladeninneres. Kurz vor dem Kühlraum prallte der Mittfünfziger beinahe mit einer Kollegin zusammen. Mit zusammengekniffenen Lippen murmelte er eine knappe Entschuldigung.

Hochgereckten Kopfes schritt die sechzigjährige, blondierte Verkäuferin mit der Ausstrahlung einer abgetakelten Filmdiva die Treppe hinab. Herablassend musterte sie den Stammkunden, ein schmallippiges Lächeln andeutend.

„Mein Lieblingshund besucht uns, Frau Schröter. Ich grüße Sie."
„Guten Abend."

„Unser Hauptkommissar gibt sich wieder mal die Ehre. Was für eine Überraschung. Wie kommen wir denn dazu?"

Gregor Klar lachte übers ganze Gesicht. Seine braungrünen Augen funkelten. Eine zweite Angestellte hatte sich von ihm unbemerkt hinter der Theke zu schaffen gemacht.

Die mit grauem Faltenrock, weißer Bluse und Flachschuhen bekleidete Rheinländerin jauchzte. Ihre teigige Haut wies sie als das Leben in vollen Zügen genießenden oder kranken Menschen aus.

Der Beamte roch Alkohol.

„Vorweg bekommt die Hündin was zu futtern, danach das Herrchen Rauchware. Gott sei Dank hat sich unser Miesepeter nach hinten verkrochen. Ich gebe Ihnen nachher 'nen Gratisstumpen aus unserm Hausdeputat mit", flüsterte die Rheinländerin, dem Polizisten verschwörerisch zuzwinkernd.

Zitas Speichel tropfte in langen Fäden auf den Teppichboden. In Sekundenbruchteilen verschlang die Hündin den Trockenwurstzipfel.

„Eine Epicure von Hoyo de Monterrey und drei Coronas hätte ich gern. Die teure bitte anbohren. Und Streichhölzer bräuchte ich, aber lange."

„Lass dich mal richtig knuddeln, mein Lieber. Hab ich's doch gewusst, dass ich dich hier treffe. Und unsere Kleine ist auch dabei."

Diese schrille Stimme war ihm geläufig. Der Hauptkommissar wandte sich um. Seine geweiteten Pupillen glänzten. Ungelenk beugte sich der ein Meter achtundachtzig große Polizeibeamte über die dreißig Zentimeter kleinere Vertraute.

Anna Wolff umarmte den Freund. Die graublauen Augen der Siebenundsiebzigjährigen leuchteten. Zärtlich streichelte sie der greisen Hündin über Kopf und Nacken.

Zita grunzte, den feuchten Körper am Frauenbein reibend.

Die Seniorin lehnte ihren geneigten Kopf auf den Arm des Vertrauten.

Augenblicklich lag Gregor Klars Stirn in Falten. Intime Sekundenszenen beendete er unverzüglich. Körperliche Nähe war nicht sein

Ding. Sanft schob der Wahlmünchner die Rentnerin zur Theke. Im nächsten Moment zeigte er auf den unter Glas liegenden rot-goldenen DuPont-Anzünder.

„Siehst du dieses Feuerzeug? Das für sechshundertfünfundachtzig Euro soll's sein", wisperte er, sich scheu wie ein auf frischer Tat beim Lutscherklauen ertappter kleiner Junge umschauend.

„Ausgezeichnete Wahl, der Herr. Glückwunsch. Ich hingegen präferiere die männlichere Dunhill. Mein Favoritenmodell ist ein Tick hochpreisiger. Doch beide diese handgefertigten Stücke sind mit Doppelfeuerstrahl ausgestattet. Perfekt, um Zigarren anzuzünden."

Es hatte den Anschein, dass die audiophilen Eigenschaften des grauhäutigen Ladenbetreibers ausgezeichnet waren. Kokett schwang er die Hüften. Seine Backen schimmerten in Erwartung eines Umsatzsprungs.

Einen Moment später lagen beide Designerteile aus Chrom auf der Ladentheke.

Gregor Klar nahm das DuPont-Feuerzeug in die Hand und schätzte sein Gewicht. Die Augen des Kriminalbeamten strahlten.

„Ich schenk dir das edle Stück zu Weihnachten. Nimm es kurzerhand mit. Wäre doch schade, falls es morgen nicht mehr zu kaufen ist", raunte ihm Anna Wolff ins Ohr.

„Grüß Gott. Verkaufen Sie Zigaretten?"

Eine Baritonstimme kündigte neue Kundschaft an.

Sofort, nachdem der Mann den Laden betreten hatte, kreuzten sich dessen Blicke mit denen des Hauptkommissars.

Der gertenschlanke Südländer hielt die Schultern linkisch nach oben und checkte den Raum wie ein Beute witternder hungriger Puma ab.

Gregor Klar fühlte sich an eine Rollfeldszene aus „Casablanca" mit dem in einem übergroßen Trenchcoat versunkenen Humphrey Bogart erinnert. Leise kicherte er vor sich hin.

Im nächsten Moment stutzte der Polizist. Eine derartige Schnelligkeit hatte er diesem abgebrochenen Riesen nicht zugetraut. Im Nu stand der Mann, frech den Zigarrenverkäufer anglotzend, neben ihm. Der Kripobeamte schätzte den Mann auf sechzig. Dessen frischer Teint überraschte. So ein Kerl konnte unmöglich Zigarettenraucher sein.

Teiggesicht rollte vor die Theke. Mit einer Hand stützte sich die Rheinländerin keuchend auf die Glasplatte.

„Das ist doch dieser Kerl aus der Presse, Frau Kuzzera. Über dem sein Skandalrestaurant berichtet die Abendzeitung seit Wochen, Tag für Tag. Fiori oder so ähnlich heißt der. Was sagen Sie zu meinem Gedächtnis? Phänomenal, oder?"

Die laut gesprochenen Sätze der Endfünfzigerin surrten wie Pistolenkugeln durch den Verkaufsraum.

Offenen Mundes gaffte Anna Wolff den Kunden an. Ihre braune Kunstlederhandtasche landete plumpsend auf dem Teppichboden. Der Hauptkommissar grinste und legte das Feuerzeug auf ein die Glasplatte schützendes Filzstück. Gregor Klars Lieblingsverkäuferin war immer für Überraschungen gut.

Bariton schlug den Mantelkragen hoch. Sein Kopf schien in den Rumpf wandern zu wollen. Wortlos mit nach unten gesenktem Haupt schlich der Mittsechziger zum Ausgang. Hunderte Schweißperlen leuchteten auf seiner Stirn. Sekundenschnell stieg Röte den Südländerhals hinauf.

„Wo denken Sie hin? Bedenken Sie, dass Sie einen Fuß in das Pfeifengeschäft Nummer eins in der Landeshauptstadt, vermutlich in ganz Bayern, setzen durften. Wie können Sie nur unser stolzes Traditionshaus mit einem einfachen Kiosk vergleichen, das neben Krimskrams profane Glimmstängel vertreiben muss, um über die Runden zu kommen?"

Den Kunden erreichten die laut gerufenen Geschäftsführersätze nicht mehr. Die massive Tür hatte sich hinter ihm geschlossen. Schallschutzfenster hielten die Worte im Laden zurück.

Im Zeitlupentempo wischte Reinhold Grashuber Tabakreste von der Tischplatte, bevor er sich tänzelnd umdrehte. Stirnrunzelnd starrte er seine Mitarbeiterin an.

„Nun zu Ihnen, Frau Schröter. Ihr Kommentar ist entschieden zu weit gegangen. Hier wird nicht vor Kunden geklatscht. Kommen Sie nach Ladenschluss in mein Büro. Dort reden wir weiter", zischte er.

„Abgemacht. Ich nehme das rotgoldene. Packen Sie's bitte in die Originalschachtel. Wie lange gibt's auf so ein Schmuckstück Garantie?"

„Das entscheidet der Premiumhersteller. Wir dokumentieren nur den Verkaufszeitpunkt auf dem Zertifikat und setzen unseren Stempel drunter. Bei diesem Prachtexemplar unterschreibe ich für vierundzwanzig Monate."

Anna Wolff zahlte bar.

Drei Minuten später verließ Klar in Begleitung seiner Freundin den Laden. Zita trottete gesenkten Hauptes an der Leine hinterher. Ihre Futterquelle war versiegt.

Es hatte zu regnen aufgehört. Das Paar zuckelte Richtung Marienplatz. Die bleiche Rentnerin japste.

„Dem Herrn sei Dank! Wir sind unversehrt dieser Raucherbude entkommen. In meinem Brustkorb kratzt es seit zwanzig Minuten."

„Tabakgestank ist nicht jedermanns Sache. Vielen Dank fürs Geschenk. Echt lieb von dir. Und jetzt muss ich dir was gestehen."

Der Hauptkommissar hatte die Stimme gesenkt.

Anna Wolffs Backen leuchteten wie heiße, kandierte Granatäpfel auf dem Nürnberger Christkindlmarkt. Sie schien vor Neugierde zu platzen.

„Ich mach's kurz. Dein ehrenamtliches Engagement ist vorbildlich. Seit vierzig Jahren rackerst du dich unentgeltlich bei Kolping, in der Altenbetreuung und fürs Schwabinger Hospiz ab. So was schreit nach offizieller Anerkennung. Ich hab dich vor 'ner Woche fürs Bundesverdienstkreuz vorgeschlagen. Beim Seehofer. Da staunst du, was?"

Wie angewurzelt blieb die Siebenundsiebzigjährige stehen. Im nächsten Moment fuhren ihre Hände über glühende Wangen.

„Ich ruf aufm Heimweg Marga, Hans, Anneliese, Hannelore, Irmi und Dieter an. Die werden Bauklötze staunen. Morgen beichte ich's unserm Pfarrer. Was denkst du, wird mein Rainer sagen?"

Der Hauptkommissar verdrehte die Augen. Ihm war unbegreiflich, warum sich Anna Wolff immerfort mitteilen musste. Gregor Klar misstraute Menschen. Der Wahlmünchner war oft von neidischen Bekannten enttäuscht worden, nachdem er tiefere Einblicke ins eigene Seelenleben gewährt hatte.

Vor drei Jahren hatte der Autofreak seine damalige Lebensabschnittsgefährtin und sich zur Mille Miglia angemeldet. Das Paar plante, die historische Autostrecke mit einem antiken Volvo Coupé abzufahren. Stolz präsentierte der Oldtimerfan Kumpels die Fahrerlaubnis und schwärmte von anmutigen Landschaften Norditaliens. Ein anonymer Informant petzte dem Veranstalter, wann das Auto zugelassen worden war. Obwohl Klar anhand des KFZ-Briefs nachwies, dass der Volvo 1957 gebaut worden war und ein Jahr später zum ersten Mal auf der Straße fuhr, pochten die Italiener auf ihre Statuten und verweigertem ihm die Tourenlizenz. Eine Woche später erkundigte sich ein Spezi, ob die Konzession bewilligt worden war.

Nach dieser schmerzhaften Erfahrung vertraute er nur langjährigen Freunden an, was ihn bewegte. Ab und an charakterisierten ihn Vertraute als mundfaulen Skeptiker.

„Du bist und bleibst einfach mein liebster Schatz. Lass dich ganz feste drücken. Wollen wir ein Hendl im Lindwurmstüberl essen? Fühl dich eingeladen."

„Knusprige Grillgockel verputze ich zwar für mein Leben gern, doch heute klappt's leider nicht. Meine neue Flamme rechnet fest mit mir. Du kannst deinem Ordensbeschaffer allerdings einen anderen Wunsch erfüllen. Ich möchte dabei sein, wenn meine Seelenverwandte diese rote Schleife vom Bundespräsidenten im Schloss Bellevue verliehen bekommt. Nimm mich mit nach Berlin."

Die betagte Frau nickte schmunzelnd.

Das ungleiche Paar schlenderte Arm in Arm Richtung Marienplatz. Es begann zu tröpfeln.

Klar hatte die Begegnung mit dem Restaurantbetreiber längst verdrängt. Plötzlich hörte er wenige Schritte hinter sich einen Mann seinen Nachnamen laut rufen.

Reinhold Grashubers Atem rasselte wie ein unrund laufender Küchenmixer in der niedrigsten Geschwindigkeitsstufe. Seine graue Gesichtshaut wirkte pulvertrocken. Erschöpft stützte er beide Hände auf die Knie.

„Haben Sie mein Dunhill eingepackt? Möglicherweise aus Versehen. Das Luxusteil fehlt!", presste er hervor.

„Wie kommen Sie denn darauf? Ich arbeite bei der Kripo. Anna hat bar bezahlt und ihre eingeschüchterte Frau Schröter das DuPont eingepackt. Danach sind wir unverzüglich aus Ihrem Geschäft raus."

„Dann hat dieser Restauranttyp geklaut. Unser teuerstes Feuerzeug geht uns seit zehn Minuten ab."

„Das kann ich mir nicht vorstellen. Wieso sollte ein gestandener Mann ein Risiko eingehen, des Diebstahls überführt zu werden? Andererseits, heutzutage ist alles möglich. Erstatten Sie Anzeige auf der Wache in der Hochbrückenstraße. Die liegt um die Ecke. Meine Kollegen werden sorgfältig ermitteln."

Für einen Moment kam es dem Kripomann vor, als würden sie von der gegenüberliegenden Straßenseite beobachtet. Er kehrte seiner Begleitung den Rücken und konnte einen Blick auf den wegspurtenden Südländer erhaschen. Trenchcoat verschwand nach einem energischen Sprung in der Böhmler-Passage.

Klar schoss durch den Kopf, umgehend die Verfolgung des Mannes aufzunehmen. Der bittende Gesichtsausdruck Anna Wolffs überzeugte ihn, davon abzulassen. Sie drängte nach Hause und zog vehement an seinem Ärmel Richtung Marienplatz.

Nur für einen Augenblick beschlich den Beamten ein schlechtes Gewissen, gegen sein Berufsethos gehandelt zu haben. Immerhin hatte er dem Pfeifengeschäftsinhaber den Gang auf die Polizeistation empfohlen. Bei nächster Gelegenheit würde er auf der Wache nachfragen, was aus dem vermutlichen Ladendiebstahl geworden war.

München, Südliche Auffahrtsallee, 11. Oktober 2015, 14:00 Uhr
Die in erster Reihe des Nymphenburger Kanals gelegene blassgelb gestrichene Villa war charakteristisch für diese feine Wohngegend im Münchner Westen. Von Schnitzintarsien eingerahmte Holzfenster dominierten die Fassade des imposanten dreigeschossigen Jugendstilbaus.

Angelika Kuhlmann trottete mit hängenden Schultern dem beeindruckenden Haus entgegen. Niemals würde sie ein Domizil dieser Güte zu bewohnen. Das war ungerecht.

Die Assekuranzangestellte neidete Mitmenschen, die mehr Geld als sie zusammengerafft hatten oder ein erfülltes Leben führten, wirtschaftlichen Erfolg und Glück. Tagaus, tagein verglich sie sich mit Freundinnen, die regelmäßig besser abschnitten. Alle Frauen im engen Umfeld waren attraktiv, führten harmonische Ehen und prahlten ungefragt über befriedigenden Sex. Ihre treuen Ehemänner hatten sie bis zum Lebensende materiell abgesichert.

Bei der nächsten Bundestagswahl würde die Wahlmünchnerin ihr Kreuz sicher bei den Linken machen. Diesen festen Beschluss hatte sie letzte Woche gefasst. Einen tiefen Seufzer ausstoßend spähte sie zur Villa.

Früher waren im unteren Gebäudeteil Günther Mosbachers Praxisräumlichkeiten untergebracht. Die Besucherin beschritt zögernd das weitläufige Grundstück durchs schmiedeeiserne Tor.

Ihr Blick streifte das gepflegte Anwesen. Gärtner hatten über alle frostempfindlichen Sträucher und Pflanzen Baumwollvlies gestülpt und unterhalb der Kronen mit Hanf abgebunden. Tannenreisig bedeckte die Gemüsebeete.

Angelika Kuhlmann fröstelte. 2005 hatte die Versicherungsmitarbeiterin mit einem Psychotherapeuten Maßnahmen erarbeitet, um aufkommende innere Unruhe zu bezwingen. Die ehemalige Leistungssportlerin entspannte, sobald sie sich körperlich ertüchtigte. Eine winzige Übung genügte.

Elegant bewegte sie sich dreimal um die eigene Achse. Auf der Stelle spürte die Fünfzigjährige Energie in den Körper zurückströmen. Mit geschlossenen Augen träumte sie von einem süß duftenden Blumenmeer. Vor ihren Augen erschien ein Meer blühender Rosen, Lilien und Tulpen. Für einen Moment verschwand der am Innersten nagende Neid.

Günther Mosbachers leiser Willkommensgruß holte die Besucherin in die Gegenwart zurück.

Angelika Kuhlmann fiel sofort die bei dem pensionierten Allgemeinmediziner eingehakte, dürre Frau auf. Die Arztgattin stützte ihren Gefährten. Beide durften um die achtzig sein.

Die Versicherungsangestellte taxierte die mit schwarzer Hose und braunem Pullover bekleidete Dame auf ein Meter fünfundsechzig.

Ihr Ehegatte war ähnlich groß. Glatze wie gebückte Körperhaltung ließen ihn wenige Zentimeter kleiner als seine Partnerin erscheinen.

Das Paar wirkte vertraut miteinander. Ein Schmunzeln umspielte den Mund der Besucherin. Die seit über vierzig Jahren Verheirateten ähnelten ihren Eltern.

Langsam winkte der pensionierte Mediziner seiner Frau. Die beiden schlichen im Zeitlupentempo Arm in Arm dem Haus entgegen.

Angelika Kuhlmann folgte wie eine auf Samtpfoten schleichende Hauskatze. Diesen Seelengleichklang sehnte sie sich seit Jahren für ihre Ehe herbei.

Günther Mosbacher stierte geisteswesend auf den steinernen Flurboden. Die Knie des pensionierten Allgemeinmediziners schlotterten. Aus wässrigen Augen blickte der Greis seine Gattin an.

„Früher besaß ich die Energie dreier Ärzte. Ich hätte zwanzig Stunden arbeiten können. Doch seit einigen Jahren schwinden meine Kräfte. Ohne Gerti würde ich an den Widrigkeiten des Alltaglebens scheitern."

„Die männliche Spezies ist grundsätzlich wehleidig. Mein Mann jammert pausenlos. Nehmen Sie bitte Platz."

Die drei setzten sich an den Wohnzimmertisch. Kurz zuvor hatte Angelika Kuhlmann einen Blick durch die Küchenluke auf den ausgewachsenen Steinbutt erhaschen können. Der neben dem Tier liegende silberne Plastikring als Zertifikat ökologisch normgerechter Zucht wies den geschlachteten Fisch eindeutig als Kaltblüter aus dem Betrieb ihres Mannes aus.

Die Aktuarin runzelte die Stirn. Ihr Gatte hatte über einen Kunden Mosbacher nie ein Wort verloren.

„Kürzlich genossen meine Frau und ich eine dreiwöchige Sommerrundreise im Land der aufgehenden Sonne. Wir wanderten an Shanghais Kai, bestaunten Xians Terrakottaarmee, spazierten auf der Chinesischen Mauer und besichtigten den Pekinger Kaiserpalast. Drei Tassen dieses köstlich aromatischen Tranks aus Fernost täglich wirken belebend. Möchten Sie probieren?"

„Nein danke. Sehr höflich von Ihnen. Koffein oder Tein machen mich nervös. Ein Tässchen reicht, und schon werde ich unruhig. Doch Sie wollen bestimmt wissen, warum ich hier bin. Mich beschäftigt der Tod meines Schwiegervaters. Das habe ich am Telefon angedeutet."

„Hans Kuhlmann?"

„Richtig."

„Sein tragischer Unfall ereignete sich nach meiner Pensionierung. Lassen Sie mich nachdenken. Das dürfte Anfang 2008 gewesen sein. Die Lebenspartnerin des Toten rief vollkommen aufgelöst an und flehte mich an, schleunigst zum Haus zu eilen. Dazu müssen Sie wissen, dass ich jahrelang alle Familienmitglieder behandelte. Korrekterweise hätte mein Nachfolger die Leiche obduzieren müssen."

Listig schaute Günther Mosbacher den Gast an. Der pensionierte Allgemeinmediziner nippte an der Teetasse.

Angelika Kuhlmann räusperte sich.

„Das Unglück ist zwei Jahre nach Ihrem Berufsausstieg geschehen. Mein Schwiegervater kam am 24. Januar 2008 ums Leben."

„Er stürzte morgens die Stiege runter. Tragische Haushaltstode sind in dieser letzten Lebensphase nicht unüblich. Den Patienten malträtierte eine chronische Morbus Menière. Tückische Innenohrkrankheiten führen im schlimmsten Fall zu stundenlangen Schwindelanfällen. Dazu gesellen sich Tinnitus und Hörverlust. Ich stellte den Totenschein aus und unterzeichnete ihn. Das Dokument ist in der Patientenakte Hans Kuhlmanns abgeheftet. Sie finden die Unterlage in den Praxisräumen meines Kollegen. Die Adresse lautet Romanplatz 3. Doktor Müller ist kompetent und arbeitet sorgsam. Warum haben Sie mich aufgesucht?"

Seine Frage hatte die Versicherungsangestellte vorhergesehen.

Der gewiefte Arzt erwartete eine plausible Antwort.

Günther Mosbacher war im Bilde. Die körperliche Tatterigkeit des Allgemeinmediziners sagte nichts über seinen Geisteszustand aus. Der alte Mann erinnerte sich an jahrelang zurückliegende Details und formulierte sämtliche Sätze in druckreifem Deutsch.

Angelika Kuhlmann richtete die Augen auf die den Terrassenblick versperrende mächtige Stechpalme. Sie musste sich konzentrieren. Ihre nächsten Sätze würden den Fortlauf des Gesprächs und sein Ergebnis bestimmen.

„Ich möchte mir von einem geschätzten Experten die Todesursache meines Schwiegervaters bestätigen lassen. Wir lassen gerade unser Wohngebäude renovieren. Treppensteigen ist tückisch. Doktor Müller hat bei meinem Gatten dieselbe Krankheit diagnostiziert wie Sie bei seinem Vater. Ich hab's mir zur Aufgabe gemacht, einen weiteren Hausunfall mit tödlichem Ausgang zu vermeiden. Der Stiegenumbau wird beendet sein, wenn meine Schwiegermutter aus den Ferien zurück ist. Sie bricht in vierzehn Tagen mit ihrer Busenfreundin zu drei Wochen Winterurlaub auf. Bitte verlieren Sie kein Sterbenswörtchen über meinen Besuch. Versprechen Sie mir das?"

„Ehrensache. Ärzte unterliegen der Schweigepflicht. Der Tote lag mit zwei drei mal vier Zentimeter messenden Hämatomen am Hinterkopf auf dem Rücken. Hans Kuhlmann starb durch Genickbruch. Er stürzte eine enge, steile Treppe herab."

„Ist mein Schwiegervater hundertprozentig sicher infolge dieses verhängnisvollen Sturzes umgekommen? Oder wäre es theoretisch auch vorstellbar, dass er vorsätzlich die Stufen runtergestoßen wurde?"

Angelika Kuhlmann hielt die Luft an. Gespannt schaute sie den Hausherrn an.

Die Augen des Greises mutierten zu Schlitzen. Mit offenem Mund musterte er die Besucherin.

Seit Unterhaltungsbeginn hatte sich Günther Mosbachers Gattin am Herd zu schaffen gemacht. Aus den Augenwinkeln konnte Angelika Kuhlmann während des Gesprächs durch die Durchreiche beobachten, wie die alte Frau geschäftig eine kalte Platte zubereitete. Plötzlich vernahm sie aus der Küche lediglich den summenden Geschirrspüler.

„Was bezwecken Sie mit dieser unverschämten Frage? Ich missbillige Ihren Verhörstil. Hören Sie auf zu fragen. Der Ärmste lag verdreht auf dem Bauch. Meinen Patienten plagten Koordinationsprobleme. Ich hätte bei begründeter Skepsis an einem Unfalltod ohne Fremdeinwirkung selbstverständlich vorschriftsgemäß Notarzt und Polizei eingeschaltet. Misstrauen Sie meiner mehr als drei Jahrzehnte langen Berufserfahrung? Ich schwor den hippokratischen Eid."

Angelika Kuhlmanns Schläfen pochten. Mehrere Hitzewellen durchfluteten ihren Körper. Trotzdem freute sie sich diebisch. Günther Mosbacher hatte gereizt reagiert. Vermutlich war der Mediziner beleidigt oder fühlte sich in seiner Berufsehre verletzt. Eine Frage stand noch aus.

„Wer entdeckte die Leiche?"

„Seine Gattin. Das hatte ich bereits erwähnt. Zehn Minuten nach ihrem Anruf war ich zur Stelle. Sie haben genug provoziert. Kommen Sie. Es reicht. Ich begleite meine Gäste immer zur Tür."

Die Besucherin hüstelte. Sie hatte genug erfahren.

Ihr Schwiegervater war vor sechseinhalb Jahren ums Leben gekommen. Der lange mit der Familie vertraute, pensionierte Hausarzt diagnostizierte Genickbruch sowie schwere Blutergüsse. Drei Monate nach Ausstellung des Erbscheins verfügte Kuhlmanns Witwe über ein Grundstücksvermögen von fünfzehn Millionen Euro.

Das Gartenzaunschloss schnappte ein. Ohne sich von der Besucherin verabschiedet zu haben, schlurfte der alte Mann in sein Haus.

Ein westwärts fliegender Schwarm Schwäne setzte mit weiten Schwüngen zur Landung im Nymphenburger Schlosspark an.

Die Versicherungsangestellte zog den Mantelgürtel enger.

Sie hatte Günther Mosbacher emotional zugesetzt. Zusammengekniffene Lippen, verschränkte Arme wie kalkweißes Gesicht deuteten an, dass dem Greis ihre Fragen nicht zu pass gekommen waren. Womöglich quälte den pensionierten Mediziner ein schlechtes Gewissen. Die Besucherin hatte ihn gekränkt.

Auf dem Heimweg würde sie überlegen, wer vom Ableben des ehemaligen Hausherrn profitiert hatte.

Am Tode ihres Schwiegervaters war etwas faul.

Karlsfeld, Fischzuchtbetrieb „Aquakult", 12. Oktober 2015, 19:15 Uhr
Friedrich Kuhlmann schielte zur Betondecke.

Fluter verbreiteten weißblaue Neonhelligkeit. Tausende Kubikmeter temperiertes Wasser blubberten in zehn randvoll gefüllten rechteckigen Hartkunststoffbecken. Umwälzpumpen verursachten im fensterlosen Fabrikgebäude gleichmäßig sonore Geräusche. Unzählige Pfützen auf dem Betonboden waren von grauen Schaumkronen umrandet. Dampfschwaden stiegen auf.

Der drahtige Mittfünfziger trug unter einem graugrünen Ölanzug trotz herbstlich kühler Außentemperaturen lediglich ein T-Shirt.

Nahezu alle Mitarbeiter hatten sich in den Feierabend verabschiedet. Der FC Bayern spielte ab 20:45 Uhr in der Allianzarena gegen Olympic Marseille. Die Roten standen unter Druck, in der Champions League Vorrunde mit vier Treffern Unterschied zu siegen. Ansonsten würde die Münchener Boulevardpresse den Trainerkopf fordern. Im Hinspiel zog der deutsche Rekordmeister mit drei Toren Differenz den Kürzeren. München trauerte seit vier Wochen.

Anton Streich und er mochten Fußball nicht. Trotzdem kam seinem besten Mann und ihm jedes Abendspiel des deutschen Rekordmeisters entgegen. Die Freunde genossen ihre Arbeit ohne störendes kollegiales Stimmengewirr.

Friedrich Kuhlmann umklammerte mit beiden Händen die oberste Leitersprosse und hielt inne. Ihn schwindelte. Anfang Juli hatte ihm der Hausarzt Höhenangst diagnostiziert. Die Knie des Unternehmers zitterten das eine oder andere Mal. Saisonal bedingter Stress ließ ihn dreimal ohnmächtig werden, als er Dachplatten austauschte. Jedes Mal fand ihn seine Frau regungslos liegend. Nach diesen Ausfällen stritt das Ehepaar wochenlang. Sie forderte, dass er sich durch Schlaufen schützen sollte, wann immer es Leitern hinaufzuklettern oder Hallen zu besteigen galt, um auf Dächern nach dem Rechten zu sehen.

Seine Gattin war mit Leib und Seele Assekuranzmathematikerin. Vertreter jener Berufsspezies beschäftigten sich arbeitstäglich mit Risiken, welche nie wie kalkuliert eintraten. Dem Fischzüchter fiel es schwer, die stets übertriebenen Bedenken seiner Lebenspartnerin nachzuvollziehen. Angelika sorgte sich grundlos.

Der Teichwirt wischte den Gedanken an die unerfreulichen Diskussionen weg und stieg im Schneckentempo herab. Unvermutet tanzten farbige Punkte vor seinen Augen. Konsterniert schaute Friedrich Kuhlmann nach unten.

Die Grundfläche des stabilen Behältnisses maß vier mal anderthalb Meter. Umwälzpumpen führten zwölftausend Litern Wasser permanent Sauerstoff zu. Ein am Beckenrand eingehängter Trommelfilter reinigte das Nass von Tierexkrementen. Unter der wogenden Oberfläche wuselte es schwarz wie grau. Hunderte Aale versuchten dem Gefängnis zu entkommen. Sie schwammen kreuz und quer, verhakten zu glitschigen Knäueln, und entflohen ihren Artgenossen, bis die Plastikwand sie stoppte.

Lauwarmes Wasser planschte aus dem Becken. Die Fischzüchter waren durch Ölschürze, Kunststoffhose sowie bis hinter die Ellenbogen reichenden olivgrünen Arbeitshandschuhen vor Nässe geschützt.

Mit knallrotem Kopf wuchtete der Vorarbeiter ein metallenes Gazegitter hoch. Jahrelanger Gerstensaftgenuss hatte Anton Streich eine rundliche Figur beschert. Dem glatzköpfigen Oberbayern nahm das nichts von seiner Lebenslust. Leise pfiff der Siebenundvierzigjährige die Anfangsmelodie von Gershwins Porgy and Bess vor sich hin.

„Ich hasse Wasser."

„Teichwirte müssen mit Feuchtigkeit umgehen können. Ansonsten hätten sie ihren Beruf verfehlt."

„Warum lässt du dich so leicht provozieren, Fritz? Ich habe gehofft, du bist heute gut gelaunt. Endlich können wir in der Klatschbude störungsfrei arbeiten."

„Mir liegt diese verfluchte Restaurantgeschichte im Magen."

„Meinst du die Vergiftung der Hochbergerin? Ist der tragische Vorfall wirklich durch unsere Fische verursacht worden? Zweifelsfrei meine ich."

„Der Lebensmittelkontrolldienst analysiert seit Tagen das Gewebe der kontaminierten Steinbutte. Ich rechne kommende Woche mit finalen Ergebnissen. Im besten Fall bleibt ein Imageschaden. Vermutlich brummt mir die Behörde eine saftige Geldstrafe auf. Dieser vermaledeite Gasthofbetreiber schiebt uns die Schuld in die Schuhe. Fiori verklickert Kollegen und Wettbewerbern, wir würden miese Qualität liefern. Das ist Rufmord. Unser Umsatz ist im September im Vergleich zum Vorjahresmonat um dreißig Prozent eingeknickt. Bald läuft das Weihnachtsgeschäft an. Ein weiterer Erlösrückgang killt die Fischfarm. Meine Hausbank dreht den Geldhahn zu, wenn ich die Tilgungszahlungen aussetze."

Die Stimme des Mittfünfzigers hatte in den letzten Minuten deutlich an Kraft eingebüßt, obwohl ihn nicht mehr schwindelte. Der Unternehmer strich übers Falten zerfurchte Gesicht.

Verschämt sah Friedrich Kuhlmann für einen Moment den Vorarbeiter an. Mit Entsetzen erinnerte er sich an seine Kindheit. Ihn fröstelte es entlang der Wirbelsäule.

Die dominante Mutter hatte ihrem Buben an dessen siebten Geburtstag verboten, sich über Geschenke leidenschaftlich zu freuen. Ein wenig später tadelte sie ihn, weil er Ängste offen aussprach. Danach flüsterte der Heranwachsende, sobald er glücklich war oder Stress empfand. Bis zum heutigen Tag ängstigte sich der Unternehmer, sobald er emotionalen Druck verspürte.

„Verantwortung abzuschieben ist einfacher als sie anzunehmen. Lass uns für heute Schluss machen und ein Bierchen zischen. In wenigen Stunden müssen wir aufstehen. Der Techniker kommt um halb acht wegen der Revision unserer Rechensiebe. Ich muss ihm aufschließen."

Der Vorarbeiter sperrte die Werkzeugkiste ab.

Friedrich Kuhlmanns Gesichtshaut nahm einen glänzenden Schweißfilm an. Wortlos prüfte der Fischzüchter den Ladungssitz. Das stimmliche Missgeschick schien von seinem besten Mann unbemerkt geblieben zu sein. Vielleicht überspielte Anton Streich seine

Verwunderung auch bloß darstellerisch gelungen.

In der Früh würde der Teichwirt mit Hilfe eines mobilen Krans die Plastikwanne auf den geliehenen Tieflader hieven. Max hatte sich bereit erklärt, die Ladung zum Güterbahnhof zu fahren.

Anton Streich zog Schürze wie Handschuhe aus. Der mit dichtem Schnauzbart bestückte Mann bückte sich zum gefüllten Bierkasten.

Plötzlich stieß die Stahlkappe seines Arbeitsschuhs auf Widerstand. Verdutzt schob der rundliche Oberbayer ein ordentlich verschnürtes Päckchen zur Seite.

Friedrich Kuhlmann stellte sich dicht hinter seinen loyalsten Mitarbeiter. Stirnrunzelnd spähte er ihm über die Schulter.

„Was ist das?"

„Ein russischer Fleischtransporter kann's unmöglich sein."

Augenrollend kniete der Gesichtsbehaarte nieder. Behutsam befreite er weichen Paketinhalt Lage für Lage von Plastikfolie und Bändern. Besonnen hob der Vorarbeiter den von Verpackungsschichten freigelegten Beutel auf und zog dessen Zippverschluss zurück. Anton Streich tupfte eine Spur Pulver aus dem Packungsinneren. Sofort wich er zurück.

„Ich kenne dies Teufelszeug. Unsere Älteste hat Elfie und mir vor drei Jahren enorme Sorgen bereitet. Polizeihunde haben im Staufach ihres Rollers Heroin aufgespürt. Irgendwelche Spaßvögel hatten meiner Lieblingstochter das Zeug untergejubelt. Danach durften wir mit der Lola Ende Zweitausendzwölf an einem Info-Kurs der Münchner Suchtberatungsstelle teilnehmen. Eltern vergessen die bittere Würze niemals."

„Was ist der Junk wert, Toni?"

„In 'nem BILD-Bericht von letzter Woche waren je Tonne Heroin zweihundert Millionen aufgerufen. Das hier dürften knapp fünf Pfund Snief sein. Geschätzter Marktwert deutlich über vierhunderttausend Euro, vorausgesetzt es ist 1A-Qualität."

„Mensch, das ist ein Ding. Wie kommt dieses Giftzeugs auf unsere

Farm? Aber egal. Die Frage lässt sich nicht spontan beantworten. Gib das Zeug am besten mir. Im Haustresor ist es sicher verwahrt. Morgen rufe ich die Polizei an. Wir nehmen auf den Schreck ein Bier. Ich habe Tegernseer Helles im Kühlschrank. Lass den Kasten im Eck der Erika und ihren Jungs. Hoffentlich haben wenigstens die Kollegen einen Sieg zu feiern. Zu gönnen wär's ihnen."

Bibbernd umwickelte Friedrich Kuhlmann das Päckchen mit derselben grünen Plastikfolie, aus der sein Mitarbeiter den Stoff befreit hatte. Der Fund hatte ihn tief verunsichert. Sein Kopf raste.

Einen weiteren Skandal würde der Betrieb keinesfalls überstehen.

Der Unternehmer vertraute darauf, Anton Streich würde zum Heroinfund schweigen.

Ohne ein Wort zu wechseln gingen die Männer Richtung Wohnhaus. Es tröpfelte.

Der Fischzüchter schob die Kapuze über den Kopf. Er sammelte sich.

Der Drogenbesitzer musste gestört worden sein. Kein Mensch ließ freiwillig Rauschgift im Wert von fast einer halben Million Euro in einem abgelegenen Industriegebäude zurück. Aus welcher Quelle stammte das Heroin? Wer hatte es in die Halle geschafft? Lagerte weiterer Stoff auf dem Betriebsgelände? Warum hatten die Wachhunde nicht angeschlagen?

Auf einmal empfand der Aquafarmer keine Lust mehr aufs Feierabendbier. Es war zielführender, später alleine über die nächsten Schritte nachzudenken, anstatt mit einem Kumpel halbtrunken Belanglosigkeiten auszutauschen.

Ein kurzes Handzeichen genügte. Anton Streich bog zum Parkplatz ab. Sein Vorarbeiter hatte verstanden und nickte ihm zu.

Erleichtert schloss der Teichwirt die Haustür auf.

Karlsfeld, Fischzuchtbetrieb „Aquakult", 13. Oktober 2015, 8:30 Uhr
Meterhohe Nebelbänke lagen über dem Erdinger Moos und hielten die flache Landschaft im tristen Grau gefangen. Heftige Windstöße hatten in den vergangenen Tagen das Laub von den Bäumen gefegt.

Seit fünfzehn Minuten stand Friedrich Kuhlmann regungslos im Flur. Der zweifache Familienvater presste beide Hände an die cremeweiße Weste.

Er bewegte sich sieben Tage die Woche zu Fuß oder per Fahrrad auf dem drei Hektar messenden Gelände. Die Ernährung mit Fisch, Krustentieren und Gemüse tat ihr Übriges. Seine Figur war schlanker als die von Markus, jenem Kumpel, mit dem er sich seit mehr als zwanzig Jahren jeden Donnerstagabend im Skatwettbewerb maß. Fatalerweise zog er gegenüber dem städtischen Teilzeitangestellten in neunzig Prozent der Kartenspiele den Kürzeren.

Mit versteinerter Miene knöpfte der Teichwirt den untersten Knopf zu.

Die Polizei musste sich gedulden. Der Hausherr würde die Ordnungshüter nach dem Bewerbergespräch informieren. Schließlich verwahrte er das Heroin im Safe. Niemand kam zu Schaden. Außer ihm hatte keiner Kenntnis vom Zahlencode.

Der Unternehmer strich sich Schweiß von der Stirn.

Die Worte seines besten Kumpels aus einem Skype–Telefonat letzten Dienstag kamen ihm in Erinnerung. Sönke Potulewski war 1993 in die Nähe von Port Andratx gezogen. Der gleichaltrige Hamburger, ein Studienkamerad aus gemeinsamen Kieler Universitätsjahren, züchtete mallorquinische Wolfsbarsche und Doraden.

Warum missachtete er den Mentorenrat und wanderte auf die Balearen aus? Der Teichwirt stritt nahezu Tag für Tag mit seiner Frau, oft wegen Belanglosigkeiten. Die gemeinsamen Kinder standen auf eigenen Beinen.

Friedrich Kuhlmann seufzte. Ihm fehlte Mumm.

Die Türglocke schrillte.

Gewöhnlich empfing der selbständige Aquafarmer Gäste zur Abwicklung geschäftlicher Dinge nicht im Privathaus, sondern in neben den Hallen befindlichen, dreihundert Meter entfernten Büroräumen. Am Morgen hatte es wie aus Kübeln geschüttet. Weitere unerwünschte Nässe wollte der Aquafarmer vermeiden. Vor einer Stunde hatte er dem Bewerber per SMS vorgeschlagen, ihn im Wohnhaus zu empfangen.

Hinter ihm lagen neunzig Minuten konzentrierter Inspektionsgang. Jeden Morgen prüfte der Unternehmer Heizanlagen, Futterapparate, mechanische Filter und Eiweißabschäumer auf einwandfreie Funktion. Bei Normabweichungen adjustierte er die Aggregate.

Obwohl es ihm mit zunehmendem Alter Mühe bereitete, sieben Tage die Woche um 5:30 Uhr aufzustehen, genoss er die einsamen Kontrollgänge ohne störendes Kollegengeschnatter.

Vor der morgendlichen Routinetour hatte er die Behälter voller Aale per Kran auf den Laster gehievt und Max zum Bahnhof geschickt.

Der Fischfarmer drückte die Klinke und blickte erstaunt auf.

Dieser Schlaks maß mindestens zehn Zentimeter mehr als er.

Der Jugendliche lächelte ihn freundlich aus braunen Kulleraugen an und streckte ihm die Hand entgegen. Seine schmalen Schultern baumelten vornüber.

„Benjamin von Rubin. Vor Ihnen steht ein Anwärter für die Teichwirtstelle. Mein Vater hat Sie letzte Woche angerufen."

„Ich weiß. Kommen Sie schon rein. In unsrer Ecke pfeift in dieser Jahreszeit ein heftiger Wind."

Friedrich Kuhlmann beugte seinen Oberkörper vor und ließ den Blick umherschweifen. Vor dem Haus schien alles wie immer zu sein. Mit einem Ruck zog der Fischzüchter die Tür zu. Seine Stirn glänzte. Er prüfte den Schlossmechanismus dreimal, zog den Schlüssel ab und steckte ihn in die Hosentasche.

Der neunzehnjährige Bewerber hatte den vor Nässe triefenden Regenmantel auf einen hölzernen Garderobenbügel gehangen. Penibel reinigte der Riese die beschlagene Nickelbrille mit dem feuchten T-Shirt.

„Zu Beginn des Interviews stelle ich Ihnen einige Fragen. Danach erfahren Sie etwas über unsere Firma. Wollen Sie was trinken, Wasser oder Cola?"

„Cool. Hab mir die Tage im Netz Infos reingezogen. Am Freitag hat mich mein Papa zum Institut für Fischerei nach Starnberg gefahren. Stilles Wasser, bitte."

Der Unternehmer überhörte den Bewerberkommentar und stellte Gläser auf den Bestelltisch.

„Setzen wir uns. Wie viele Fische verspeist ein Deutscher durchschnittlich im Jahr? Darf ich Sie duzen?"

„Ich hab keinen blassen Schimmer. Das mit meinem Vornamen geht klar, logo. Bin der Benni."

„Vierzehn Kilo. Unser Essverhalten differiert regional. Hansestädter futtern mehr Tiere aus dem Meer oder den Seen als Bayern oder Schwaben."

„Kapiert. Nord- und Ostsee liegen in der Nähe von Hamburg, Bremen und Rostock. München, Augsburg oder Stuttgart sind weiter von unseren Küsten entfernt."

Friedrich Kuhlmann deutete ein Lächeln an. Sorgsam darauf achtend, keinen Tropfen zu verschütten, schenkte er Wasser aus der Karaffe ein.

Benjamin von Rubin griff zum Glas und trank es hastig aus. Ein lauter Rülpser entschwand seinem Mund. Die Hände des Teens vergruben sich in den Hosentaschen. Rote Flecken krochen den Hals des Bewerbers empor.

„Fisch kostet gesundheitsbewusste Konsumenten jedes Jahr mehr. Die Versorgung mit schwimmenden Lebewesen aus Meeren, Seen, Flüssen oder Bächen ist limitiert. Aquakultur gilt als industrielle Massenzucht von Tieren und Organismen in Gewässern. Unsere Firma zieht seit den Sechzigern Aal und Steinbutt ökologisch korrekt auf und vertreibt unterschiedlich große wie schwere Tiere an Restaurants, Kantinen oder Privatpersonen. Mittlerweile produzieren wir zehn Tonnen pro Jahr. Bei angenommenen fünfhundert Gramm je Fisch kommt man auf vierhundert geschlachtete Exemplare pro Woche."

Hochroten Kopfes nickte der Kandidat, am feuchten T-Shirt zupfend.

Triumphierend lachte Friedrich Kuhlmann seinen Interviewpartner an. Von Rubin sah sich offenbar nicht in der Lage, dieser Zahlenfeuerwerklogik folgen zu können. Der Fischzüchter lehnte sich zurück.

„Deutsche Aquakulturfarmen produzieren fünfundzwanzigtausend Tonnen pro Jahr. Die Hälfte aller weltweit gegessenen Fische entstammt Zuchtbecken. China produziert die meisten Teichkarpfen."

„Krass!"

„Unser Aquafarmerberuf strengt an. So eine Ausbildung dauert drei Jahre. Azubis arbeiten von Montag bis Mittwoch im Betrieb. Den Rest der Woche lernen sie in der Berufsschule, wie man Teichanlagen rentabel bewirtschaftet."

Die Augen des Unternehmers wanderten an dem schmächtigen Riesen herab. Dem Jungen war bange. Seine dünne Figur verstärkte das Vorurteil des Fischzüchters. Von Anfang an hatte er es geahnt. Dieser Aspirant würde niemals in der Lage sein, Netze zu ziehen, Filteranlagen zu reinigen, wassergefüllte Fischboxen zu schleppen oder zappelnde Steinbutte wie wild um sich schlagende Aale zu töten.

Der Bewerberkopf sackte nach unten. Von Rubin schien zu schwanen, dass es gelaufen war. Die knochigen Schultern des Neunzehnjährigen zuckten auf und ab.

Friedrich Kuhlmann fasste sich an den Hals. Mit aufgerissenen Augen starrte er die hohlwangige Maske im Wandspiegel an. Seit drei Wochen kippte seine Gemütslage innerhalb von Sekunden, sobald ihn Existenzangst befiel. Auf der Brust lastender Druck drohte ihm die Luft abzuschnüren.

Was hatte ihn geritten, diesen naiven Buben hoffen zu lassen? Seit Tagen fühlte sich der Unternehmer seelisch verwundbar. Das machte ihn anfällig für Schmeichler. Ohne emotionalen Stress hätte er den Anruf von von Rubins Vater gekontert und sich gegen eine Bewerbereinladung entschieden. Er musste diese abstruse Situation schnellstens beenden.

Der Aquafarmer würde dem Kandidaten die Halle mit den Butten zeigen und ihn mit einer Ausrede auf die nächste Runde verabschieden. Dieser unreife Junge war für den Teichwirtberuf ungeeignet. Friedrich Kuhlmann überlegte, wie er dem Vater des schlaksigen Riesen seinen Entschluss plausibel erklären konnte. Es galt, in den nächsten Stunden eine schlüssige Formulierung zu finden. Ansonsten bestand die Gefahr, dass seine Ehefrau ein Problem bekam. Von Rubins Vater war ihr Boss.

Karlsfeld, Wohnhaus neben „Aquakult", 13. Oktober 2015, 10:15 Uhr
Friderike Kuhlmann lag auf dem Rücken. Vorsichtig zog sie die Schultern nach oben und ließ ihre Arme baumeln. Augenblicklich reduzierte sich die Atemfrequenz. Lediglich wenige Schweißtropfen benetzten die Seniorinnenstirn. Ein listiges Lächeln umspielte perfekt karminrot geschminkte Lippen.

Leidenschaftlich gern verbrachte sie dreimal die Woche eineinhalb Stunden im Studio. Zunächst wärmte die Sportlerin sehnige Beinmuskeln mit Radfahren auf. Für sechs Kilometer Sattelarbeit benötigte sie fünfzehn Minuten. Es folgten entspannende Dehnungen mit dem Theraband. Leidige Koordinationsübungen mit einem grellgrün leuchtenden Kunststoffball schlossen sich an. Dreißig Kniebeugen auf dem wackligen Skateboard ließen die Oberschenkelmuskeln der alten Frau zucken. Zum Trainingsschluss übte sie an einem halben Dutzend Geräten.

Die rüstige Seniorin drehte sich langsam aus der die Brustmuskeln stabilisierenden Ertüchtigungsmaschine. Ihre Kniescheibe knirschte.

Die Witwe zuckte zusammen. Ein stechender Schmerz zog den Oberschenkel hoch.

Seit einem Jahr leistete sie sich den Luxus eines eigenen Fitnessraums und sparte Zeit für nervige Autofahrten ins Stadtstudio. Anfangs waren die Umbaupläne auf zähen Widerstand gestoßen. Schwiegertochter sowie beide Enkelkinder fürchteten Staub und Lärm. Ihr Sohn schwankte wie immer, wenn Änderungen anstanden. Letzten Endes überzeugte sie die vier mit neuem Wintergarten inklusive stilvoller Weißmöblierung.

Einzig der Geliebte ihrer Enkelin hatte sich in sämtlichen Diskussionen von Anfang an als zuverlässiger Verbündeter erwiesen. Um ihn für seine Unterstützung zu belohnen, offerierte sie diesem hübschen Lockenkopf zu trainieren, wann immer er Lust empfand. Der muskulöse Beau-Körper gefiel ihr besonders bei Butterflyübungen auf dem Medizinball.

Akribisch säuberte Friderike Kuhlmann mit einem alkoholgetränkten Papiertaschentuch die Maschinenhandgriffe. Theraband wie Handschuhe flogen in die Wäschetruhe.

Die alte Frau öffnete beide Fensterflügel. Frische Herbstluft drang in den Raum. Prompt verflog der Schweißgeruch.

Die Seniorin wandte sich um. Überrascht hatte sie ein mehrmaliges Klopfen an der Tür vernommen. Zu dieser frühen Stunde bekam sie selten Besuch.

Felipe Gonzalez stand breitbeinig im Türrahmen. Der Schönling hatte beide Hände in den Taschen einer grauen Trainingshose verschwinden lassen. Bedächtig streiften seine zusammengekniffenen Augen durchs Fitnessstudio.

Für einen Moment taxierte die alte Frau den makellos durchtrainierten Körper des Vierundzwanzigjährigen. Sie ließ einen spitzen Schrei los. Mit ausgebreiteten Armen eilte Friderike Kuhlmann dem Lateinamerikaner entgegen. Die Euphorisierte verdrängte den stechenden Oberschenkelschmerz.

Regungslos ließ der Fitnesscoach mit zur Seite gedrehtem Kopf eine Batterie Begrüßungswangenküsse über sich ergehen. Mit verschränkten Armen stierte er aus dem Fenster. Gonzalez öffnete den Plastikverschluss der Wasserflasche und nahm drei hastige Schlucke.

Seit zwei Jahren war das Model mit der Enkelin seiner Trainingsschülerin liiert. Vor zwölf Monaten hatte ihn die Seniorin gedrängt, sie bei Fitnessübungen zu unterstützen. Anfangs hatte sich der Schönling gesperrt, eine alte Frau zu trainieren. Friderike Kuhlmann konnte ihn binnen kurzem überzeugen, seine Haltung zu überdenken. Ein Verdienst von fünfundzwanzig Euro pro Stunde bar auf die Hand war ein schlagkräftiges Argument für einen Studenten mit Schwabinger Eineinhalbzimmerwohnung und ausschweifendem Lebensstil. In den letzten Monaten hatte ihn die Sportlichkeit seiner hochbetagten Schülerin verblüfft. Sowohl Koordinationsfähigkeit wie auch Ausdauer und Kraft der Frau befanden sich auf dem Niveau einer fitten Vierzigjährigen.

„Servus, was geht? Ich wollte nur kurz Hallo sagen."

„Felipe. Was für eine nette Überraschung! Es freut mich, dich zu sehen."

„Sieht so aus, dass du dein Training schon absolviert hast. Soll ich dir meine neuen Übungen gegen Rückenverspannungen zeigen? Dauert lediglich zehn Minuten."

„Nein, lass mal. Das können wir sehr gerne übermorgen angehen. Mir geht was anderes durch den Kopf. Hast du meinen generösen Vorschlag von letzter Woche in deinem hübschen Köpfchen ventiliert, mein Lieber? Versprochen ist versprochen. Für dich wird viel rausspringen. Es ist leicht verdientes Geld. Denk nicht zu lange nach, sonst überlege ich es mir anders."

Felipe Gonzalez zuckte wie von einem Peitschenhieb getroffen zusammen. Umgehend verdunkelte sich die schokobraune Modelhaut. Friderike Kuhlmanns direkte Frage hatte ihn sprachlos gemacht. In drei Sätzen sprang er zum Fenster. Naturgeölte Eichenparkettdielen knarzten.

Die Seniorin folgte dem jungen Mann auf dem Schritt. Er sollte jetzt und hier antworten.

Ein hinterhältiges Grinsen überzog ihr Gesicht. Wieder einmal hatte sich die Überrumpelungstechnik bewährt. Männer waren simpel gestrickt. Fast alle spielten nach außen den großen Maxen. Wenn man sie mit Entscheidungsnotwendigkeiten konfrontierte, kniffen die meisten. Der vermeintlich stärkere Teil der Menschheit gierte nach permanentem Zuspruch oder Bestätigung und musste zum Glück gezwungen werden.

Mit einem Ruck entriss sie ihrem Trainer die Wasserflasche und trank sie in einem Zug leer. Im nächsten Moment legte die Greisin augenzwinkernd einen Arm um die Schulter des Betriebswirtschaftslehrestudenten.

Felipe Gonzalez schüttelte ihre Hand ab. Mit einem Hüftschwung täuschte er geschickt vor, nach links ausweichen zu wollen. Im nächsten Moment schob er sich blitzschnell auf der anderen Seite an der Greisin vorbei und spurtete wortlos zum Ausgang.

Krachend fiel die Tür ins Schloss.

Langsam zog die Sportlerin den Reißverschluss der schneeweißen Trainingsjacke hoch. Nur einen kurzen Moment hatte es sie geärgert, dass der Junge entkommen war.

Ihr Schützling gierte nach Geld. Spätestens in drei Wochen würde sie seinem Gedächtnis auf die Sprünge helfen. Dann käme er angekrochen und würde das großherzige Angebot annehmen.

Frohlockend strich die Seniorenhand übers silberne Notebook.

Karlsfeld, Fischzuchtbetrieb „Aquakult", 13. Oktober 2015, 12:15 Uhr
Friedrich Kuhlmanns Nerven lagen blank. Er hielt einen Pappbecher Kaffee in der Rechten. Es war seine achte Portion Koffein heute. Ein kräftiger Schluck leerte das Behältnis.

Der Aquafarmer hatte in der vergangenen Nacht kein Auge zugemacht. Wie ein im Käfig eingeschlossener bengalischer Tiger hastete er von einer Ecke des Schlafzimmers in die andere.

Tagelang brütete der Mittfünfziger über derselben Frage. Warum distanzierte sich seine Frau seit zwölf Monaten mehr und mehr von ihm?

An seinem Sozialverhalten oder Aussehen lag es auf gar keinen Fall. Der Teichwirt vergötterte seine Gattin. Nie vergaß er Hochzeits-, Geburts- oder Namenstag. Wenn sie mit befreundeten Paaren grillten oder bergwanderten, las der Unternehmer der Angebeteten jeden Wunsch von den Lippen ab, respektierte die Meinungen anderer und zügelte sich, gesetzt den Fall, die Situation gebot es. Außerdem sah er glänzend aus.

Es konnte lediglich eine Erklärung geben. Seine Lebenspartnerin hinterging ihn. Irgendein Filou hatte die Labile um den Finger gewickelt.

Der Fischzüchter öffnete das Gartentor.

Wütendes Hundegebell zerfetzte die Stille.

Friedrich Kuhlmann zögerte. Der Unternehmer hatte beide Dobermannrüden wegen nachwirkender Narkosespritzen schlafend erwartet. Für einen Moment wackelten seine Knie.

„Servus Geli. Warum arbeitest du nicht?"

„Ach, du bist es. Habe mich krankgemeldet. Mir geht's miserabel. Seit gestern Nachmittag rumort mein Magen. Irgendwelche schlabbrigen Kantinenpommes sind zu lange im ranzigen Öl geschwommen. Oder es waren die Sardinen."

Die Fünfzigjährige stand gebückt im grauen Trainingsanzug unter dem Hausvordach. Über Hose und Jacke hing ein übergroßer Wintermantel. Aus tiefen Augen gaffte sie ihren Gatten an.

Angelika Kuhlmann misstraute Medizinern und Pharmaindustrie. Wann immer sie krank war, griff sie zu Hausmitteln oder suchte Heilpraktiker auf. Der Aquafarmer fand bemerkenswert, dass seine Lebensgefährtin es während der Ehe nie für nötig gehalten hatte, einen

Arzt zu konsultieren. Trotzdem erholte sich die ehemalige Leistungssportlerin von Kränkeleien überraschend schnell.

Die körperlich Angeschlagene klappte fröstelnd den Mantelkragen hoch. Ihre Lippen hatten sich während der vergangenen Minute bläulich verfärbt.

Friedrich Kuhlmanns Schläfen pochten. In wenigen Sekunden würde seine Stimmkraft nachlassen. Er musste sich beeilen. Hitze durchflutete den Unternehmerkörper.

„Der Toni und ich haben vor zwei Tagen Heroin in der Halle mit den Butten gefunden. Kannst du dir vorstellen, wer Drogen auf unser Betriebsgelände schafft und wie so was trotz Alarmanlage und Hunde vonstattengehen kann? Ich habe das Teufelszeug im Stahlschrank verwahrt."

„Die Windböen nehmen zu. Wir bekommen schlechtes Wetter. Mir ist kalt. Lass mich ins Haus zurück. Ich muss ins Bett. Schlafen hilft."

„Geht's noch? Wir entdecken ein Vier-Pfund-Päckchen Snief in der Halle und du trollst dich mit einer Ausrede von dannen, bleibst eine Antwort schuldig, tust so, als wäre ich Luft. Was soll das? Du weißt mehr darüber, stimmt's? Morgen wird die Polizei vom Fund erfahren. Übrigens: viel Spaß mit deinem Lover aus der Versicherung. Du vergnügst dich mit ihm regelmäßig, wie man hört."

Für einen Moment vernahm Friedrich Kuhlmann Hundehecheln.

Die Dobermänner mussten ihn gerochen oder gehört haben. Beide Rüden schienen vom vorgestrigen Tierarztbesuch bestens erholt.

Kurz erstrahlte der Eingangsbereich des Gebäudes. Dann fiel die Haustür zu.

Mit einem Mal umwog Friedrich Kuhlmann vollkommene Stille. Der Unternehmer lehnte am Gartenzaun. Sein Puls raste. Ein beklemmendes Angstgefühl schnürte ihm die Brust ab. Nässe fraß sich in die Schuhsohlen. Seit Minuten stand er unbemerkt in einer Lache schmutzig braunen Wassers.

Der Fünfzigjährige war zornig auf sich selbst. Warum hatte er seiner Frau unterstellt, über den Drogenfund Bescheid zu wissen und vorsätzlich zu schweigen? Erneut war ihm Eifersucht im Weg gestanden. Seine kränkelnde Frau war ahnungslos, was das Heroin auf dem Betriebsgelände betraf. Ansonsten hätte sie unmittelbar auf seine Provokation mit verändertem Gesichtsausdruck oder wechselnder Stimmlage reagiert. Er war mit sämtlichen Eigenheiten der Liebsten vertraut.

Der Aquafarmer schämte sich. Er hatte sich fehl verhalten. Röte kroch den Hals hinauf. Morgen früh würde er einen Strauß roter Rosen kaufen und seine Lebenspartnerin um Verzeihung bitten.

Englischer Garten, Unterföhring, 14. Oktober 2015, 11:25 Uhr
Ein heftiges Gewitter hatte Äste wie Laub Richtung Isar geweht und Parkwege für Jogger wie Spaziergänger unpassierbar gemacht. Krähenscharen leerten Papierkörbe. Der Boden war von Plastiktüten, Lebensmittelresten und Weißblechdosen übersät.

Olav Grieb schlenderte zum Kiosk.

Warme Luftschwaden zogen träge aus dem offenen Verkaufsstandfenster. Das an der frisch weiß gestrichenen Hausseitenwand hängende Thermometer zeigte ein Grad Celsius.

Der Anzugträger glotzte auf tiefe Pfützen. Einige flache Wasserlachen auf der wenige Meter entfernten Rasenfläche waren über Nacht zugefroren.

„Kaugummi!"

Die orientalisch wirkende Kioskbesitzerin strich schulterlange schwarze Haare zurück. Seit Monaten hatte sie kein Mensch derartig angeschnauzt.

„Welche Sorte wünschen der Herr, bitte? Ich könnte Ihnen amerikanische, englische, französische oder heimische Sorten offerieren."

„Die da!"

Olav Grieb hob das Kinn Richtung gelber Wrigley's.

„Das macht drei Euro und siebzig Cent, bitte."

Der ein Meter neunzig große Athlet schmiss passend Münzen auf die Theke, stopfte die Kaugummipackung in die Manteltasche und bog grußlos Richtung Parkplatz ab.

Seine Verabredung stand vierzig Meter entfernt neben ihrer Begleitung. Die beiden unterhielten sich lebhaft.

Den Dreißigjährigen traf unvermutet, dass seine Geschäftspartnerin nicht allein war. Dieser Typ kam ihm bekannt vor. Sein Gehirn arbeitete auf einen Schlag hoch konzentriert. Der Ärger über die trantütige Bedienung war verflogen. Die Brille lag im Handschuhfach des Dienstwagens. Zum Parkplatz zurückrennen würde dreckige Hosenbeine und Zeitverlust bedeuten. Er musste es schaffen, sich die Kopfkonturen des Mannes einzuprägen. Sein Gedächtnis würde ihm später den Namen liefern.

Olav Grieb winkte und beschleunigte den Gang.

Wie aus heiterem Himmel zog der sportlich Bekleidete seine Begleiterin an sich. Im nächsten Moment stülpte er eine schwarze Stoffmütze über den Kopf. In einem Ruck riss er den Autoschlag auf und stieg hastig in den dunkelblauen S-Klasse-Mercedes neuer Bauart.

Kieselsteine spritzten weg, als die Limousine mit dumpfem Achtzylindergrollen Richtung Mittlerem Ring beschleunigte.

„Grüß dich. Wer war das?"

„Hallo Olav. Wie immer direkt charmant und neugierig. Bitte keine Liebkosungen in der Öffentlichkeit. Lass uns Richtung Aumeister gehen. Der Weg ist geteert. Ich bin erkältet. Nasse Füße schaden kranken Menschen."

Der Versicherungsangestellte nickte mit hochrotem Gesicht. Seine Hände verschwanden tief in der marineblauen Anzughose. Zumindest die Rahmen genähten Leisten vom Schickimickischuster in der Maximilianstraße würden trocken bleiben.

„Ich konnte mich abseilen. Um halb drei geht's in eine Besprechung mit diesen Langweilern aus der Krankenversicherungssparte."

Seine Augen drehten nach oben.

Als Beteiligungschef einer Versicherung war Olav Grieb monatlich gehalten, sämtliche Unternehmensbereichsergebnisse kommentiert dem Gesamtvorstand zu präsentieren. In Zeiten niedriger Zinsen, quengelnder Privatkunden, besserwisserischer Verbraucherschützer, wie gesetzlich verordneter regulatorischer Vorschriftflut kein angenehmer Zeitvertreib.

„Lass uns lieber über Geschäftliches reden. Max bringt die Aale kommenden Mittwoch zum Karlsfelder Güterbahnhof. Über Nacht geht's für die Tierchen in den hohen Norden. Der Transport dauert acht Stunden."

„Verstehe. Ich gebe meinen Männern vor Ort Bescheid. Sie sollen unser Material zum Bauernhof schaffen. Es ist alles wie besprochen vorbereitet."

Angelika Kuhlmann stoppte abrupt. Misstrauisch stierte sie auf sich allmählich nähernde Gestalten. Regencapes verdeckten das Äußere der dunkel gekleideten Männer. Ein halbes Dutzend Schäferhunde kreisten um ihre Herrchen. Eine Brise frischer Herbstluft trug das laute Kläffen ausgewachsener Rüden zu dem Paar. Die Versicherungsangestellte stellte den Mantelkragen auf.

„Mir ist kalt. Man darf uns auf gar keinen Fall miteinander sehen. Fritz ist über uns im Bilde. Ich möchte zum Auto zurück."

Die natürlich nach unten gewachsenen Mundwinkel Olav Griebs hingen von einer Sekunde auf die nächste eine Spur tiefer. Er schlug einen Schuhabsatz in den Kies. Hunderte von Dreckpartikeln sprenkelten an marineblaue Anzughosenbeine. Der Versicherungsangestellte ging in die Knie. Fluchend bemühte er sich erfolglos, mit einem mit Spucke benetzten Papiertaschentuch Schmutz aus dem Stoff zu reiben.

„Über was weiß dein Mann Bescheid?"

„Lass das. Du reibst den Dreck nur stärker in den Stoff. Dieser Schlaumeier hat mich vor zehn Tagen ausgehorcht und gehofft, ich gehe auf seine Fragen ein. Er wollte wissen, wie ich meinen Arbeitstag strukturiere, welche Risiken wir versichern, und ob wir was mit Afghanistan zu tun haben. Bis vor kurzem ließ ihn mein Job kalt. Obendrein musste ich mir anhören, ein Verhältnis mit einem aus der Versicherung zu haben. Ich bin natürlich weder auf seine Fragen noch auf die Vorwürfe eingestiegen. Ist mir zu blöd gewesen."

Der Versicherungsangestellte schüttelte energisch den Kopf. Er zog die Hände aus den Hosentaschen und schlug geballte Fäuste gegeneinander. Sein Gesicht war kalkweiß.

„Dein Mann weiß nichts. Wir sind bei unseren Treffen stets wachsam gewesen. Der blufft. Nun lauert er drauf, wie du reagierst. Halt einfach still. Mach dir keine Sorgen."

Mit zusammengekniffenen Augen linste der Finanzangestellte Richtung Tennisplätze. Eine Windböe hatte eine über den Court gelegte Plastikplane aufgebläht. Backsteine hielten sie am Boden.

Olav Grieb zwang sich, gleichmäßig Luft zu holen.

Der Bereichsleiter hatte den Fischzüchter in diversen Besprechungen vergangenes Jahr erlebt. Sein Kontrahent feilschte um jeden Euro eines dreißig Prozentanteils an „Aquakult", den die Versicherung in ihr Anlageportfolio zu übernehmen beabsichtigte. Dieser Mann hatte sämtliche Meetings detailliert vorbereitet. Friedrich Kuhlmann argumentierte stets auf der Grundlage von Zahlen, Daten und Fakten, die er, von wenigen Ausnahmen abgesehen, auswendig abspulen konnte.

Der Dreißigjährige erinnerte sich an einen besonnenen, fachlich versierten und gerissenen Geschäftspartner, der einnehmend und zielorientiert verhandelte. Dieser Spieler führte hundertprozentig etwas im Schilde. Ohne konkreten Anlass hätte er seine Gattin niemals bewusst provoziert.

Griebs Kollegin unterschätzte ihren Ehemann. Der Versicherungsangestellte verwarf den Gedanken, seine Sorge offen zu äußern. Angelika Kuhlmann würde ihn missverstehen. Sobald man die Fünfzigjährige mit einer alternativen als der eigenen Meinung konfrontierte, erlebte sie emotionalen Druck. Unter Stress entpuppte sich die sorgende Mutter als unberechenbare Person, die selbst geheime Informationen preisgab. Diese negative Erfahrung hatte der Beteiligungscontroller mehrmals in sechs Jahren gemeinsamer Arbeit machen müssen.

Das unkalkulierbare Risiko eines Informationslecks wollte der Dreißigjährige unbedingt vermeiden. Die Ware musste Wilhelmshaven schadenfrei erreichen. Morgen würde er sämtliche Transportmodalitäten akribisch prüfen. Falls erforderlich, galt es, logistische Optimierungen zu organisieren. Danach würde er sich daran machen, herauszufinden, was dieser Aquafarmer plante.

„Wir müssen diskreter agieren. In den nächsten vier Wochen wird es keine persönlichen Treffen geben. Wir telefonieren ausschließlich zu vereinbarten Zeiten. Ich schicke dir am Abend Terminvorschläge auf deinen Privatrechner. Mails vom Geschäfts-PC, SMS und WhatsApp sind ab fortan tabu. Verstanden?"

Konsterniert glotzte Olav Grieb die Versicherungsangestellte an. Ihn erstaunte die kräftige Stimme seiner Kollegin. Eine seit über zehn Jahren psychotherapeutisch behandelte Frau hatte ihm das Heft des Handelns aus der Hand genommen.

Angelika Kuhlmann stakste durch glitschigen Kies.

Mit gesenktem Haupt zuckelte der Anzugträger hintendrein. Die rahmengenähten Schuhsohlen trieften vor Nässe. Sein Tag war gelaufen. Die nervigen Pessimisten aus der Krankensparte würden nicht im Stande sein, ihn zu verschlimmern.

München, Lerchenauer See, 14. Oktober 2015, 16:15 Uhr

Tiefhängende Schwarzwolken schoben sich träge von Westen heran.

Felipe Gonzalez' brandneues Chicago Bull Käppi rutschte in den

Nacken. Der junge Brasilianer befürchtete den in Bayern 3 fürs Wochenende prognostizierte Dauerregen früher als vorhergesagt. Lateinamerikaner hassten deutsche Herbsttage. Er nestelte am Reißverschluss der Winterjacke. Endlich ließ sich das Biest hochziehen.

Sie waren für viertel nach vier verabredet. Ihn ärgerte es, wenn Freunde unpünktlich zum Date erschienen. Zeitliche Genauigkeit war der einzige ihm wichtige Grundwert. Der Twen verachtete deutsche Sekundärtugenden wie Fleiß, Treue oder Disziplin.

Am Abend wollte er mit Kumpels im neuen Glockenbachclub Party machen. Seit Jahresanfang hatten zwischen der Müller- und Fraunhoferstraße sechs neue Bars, Diskotheken und Cafés eröffnet.

Gegen 18:00 Uhr würde ihn Jenifer am Ostausgang der U-Bahnstation Sendlinger Tor erwarten.

Die Augen des BWL-Studenten suchten den Hügel ab. Ein halbes Dutzend Haubentaucher flog schnatternd zum Wasser.

Auf der Anhöhe lag von Wohnhäusern eingerahmt der Lerchenauer See-Biergarten. Wo sonst Bedienungen in Dirndln oder Lederhosen barsche Befehle austeilten, Teller klapperten und Bierkrüge aneinanderstießen, herrschte Totenstille. Neben Kieselsteinen waren vor dem Flachgebäude außer wenigen hochgewachsenen Akazien einzig blattfreie Kastanien- und Birkenbäume zu sehen.

Ein schwarzer Punkt steuerte auf ihn zu.

Felipe Gonzalez stutzte. Im nächsten Moment schnaubte der Brasilianer.

Warum waren sie zu zweit? Das verstieß gegen die Abmachung. Minuten würden vergehen, bis die Trödler vor ihm standen.

„Hans hat recht. Du bist eine Sahneschnitte. Ich freue mich, dich kennenzulernen."

Die schlanke Frau trug einen braunen Anorak und Jeans. Felipe Gonzalez konnte ihr Antlitz wegen des hochgezogenen Kragens und einer tief ins Gesicht gezogenen Wollmütze nicht erkennen.

Genervt wehrte er ihren Umarmungsversuch mit der Hand ab. Was bildete sich diese Kreatur ein, ihn zu duzen und seine Rückenmuskeln zu betatschen?

„Warum weißt du mich so barsch zurück? Ich wollte doch bloß liebenswert sein. Ein hübsches Jungengesicht wie deins sieht man leider selten."

„Entschuldigung. Ich kenne Sie nicht. Grapschen Sie alle Menschen an, denen Sie zum ersten Mal begegnen?"

„Servus, mein Junge. Das Wetter verschlechtert sich. Lasst uns gleich zur Sache kommen. Ich stelle dir meine Begleitung später vor."

Hannes Fiori drückte mit der Schuhspitze die Zigarettenglut im feuchten Kies aus. Lächelnd klopfte der Geschäftsmann dem Lateinamerikaner auf die Schulter. Verschwörerisch zeigte der Lokalbetreiber mit dem Kinn zum Ufer.

Felipe Gonzalez nickte mit versteinertem Gesichtsausdruck. Seine geballten Fäuste blieben in der grauen Sporthose versteckt.

Die kleine Gruppe setzte sich Richtung Wasser in Bewegung.

„Die Fracht geht Mitte nächster Woche zu den Amis raus."

„Welche Ladung meinst du?"

„Wir haben darüber vor ein paar Tagen gesprochen. Mach nicht auf ahnungslos."

„Ich habe letzten Freitag im Wohnhaus eine neue Software auf den Rechner vom Chef gespielt. Unsere „hochverehrte" Angelika telefoniert dem Himmel sei Dank ab und an sehr laut. Von Zeit zu Zeit ist dieses Geschöpf sehr temperamentvoll."

Die Frau flötete die Sätze heraus. Mit einem Ruck entledigte sich Hannes Fioris Begleitung ihrer Kopfbedeckung. Lange, fettige Haare fielen der Vierzigjährigen ins Gesicht.

Felipe Gonzalez starrte in ein narbenüberzogenes Antlitz. Angewidert wandte er sich ab.

„Du hast es gehört. Stefanie ist umtriebig. Meine Bekannte arbeitet als IT-Spezialistin bei „Aquakult". Manchmal verirrt sie sich ins Haus von Kuhlmann. Aus purem Zufall natürlich."

Der Restaurantbetreiber grinste fies, in seiner Hosentasche nach einer Zigarette kramend.

Mittlerweile hingen dunkle Wolken über dem Lerchenauer See. Die Regentropfendichte hatte zugenommen. Einige der zum Schilf flüchtenden Enten schnatterten aufgeregt. Sie witterten das aufkommende Unwetter und suchten einen Ruheplatz am Schutz bietenden Wasserrand.

Die Dreierschar stand am Ufer.

Der drahtige Italiener zwinkerte seiner Begleitung zu.

„Nun wird's konkret. Steffi hackt sich zu Transportbeginn ins GPS ihres Bosses. Dadurch wissen wir ständig, wo die Ware schwimmt und wann sie ankommt. Dein Schwiegervater in spe erfährt nichts über unsere Aktion. Sobald das Material an Land ist, holt sich's Martino mit seinen Kumpels. Wir geben ihm das Zeichen zuzuschlagen."

Felipe Gonzalez blieb, die Augen nach links und rechts werfend, stehen. Ihn fröstelte. Skeptisch tastete er das Käppi ab. Das blaue Schmuckstück musste trocken bleiben. Der abendliche Clubbesuch erforderte eine unversehrte Kopfbedeckung.

Hannes Fiori fixierte den Jungen aus schmalen Augen.

„Für dich sind zwanzig Prozent drin. Mit der Kohle siedelst du nach Brasilien über, lässt dieses scheußliche Wetter und die emotionslosen Deutschen hinter dir."

„Was erwartest du von mir?"

„Du verstehst dich ausgezeichnet mit Angelika. Immerhin ist sie die Mutter deiner Süßen. Horch sie aus! Ergründe, von wem sie den Stoff bezieht. Komm dahinter, wann die nächsten Ladungen in München eintreffen. Wir benötigen die Namen sämtlicher Komplizen. Dann machen wir Kippe mit denen ohne die Zwischenhändler, diesen Beutelschneidern. Das bringt uns allen mehr Kohle."

Hannes Fioris Stirn glänzte. Mit zittriger Hand zündete er einen Glimmstängel an. Hektisch ausgestoßene Dunstkringel schossen zum Himmel. Gierig zog der Mann an der Zigarette.

In Felipe Gonzalez kochte die Wut hoch. Er hasste es, kommandiert zu werden. Brasilianer waren kraft Geburt Machos und keine devoten Befehlsempfänger.

Für einen Moment hielt er, sich über das glatt rasierte Kinn streichend, inne.

Vorausgesetzt der Deal brachte so viel Geld wie vermutet, wäre er nie mehr gezwungen zu schuften. Der Student müsste nie mehr von drögen Professoren gehaltene, stinklangweilige Vorlesungen besuchen. Vielmehr könnte er Sexpartys schmeißen und Drogen konsumieren, soviel und wann er wollte. Mit dem Vermögen wäre der Brasilianer in der Lage, sich eine beeindruckende Farm nördlich von Salvador entlang der grünen Straße zu leisten. Er würde lebenslang als Familienretter heroisiert. Seine Familienangehörigen könnten aus jenen Hafenblechhütten wegziehen, in denen sie seit Jahrzehnten menschenunwürdig hausen mussten.

Der Athlet stand von Hannes Fiori abgewandt kerzengerade an der Seeniederung. Ein heimtückisches Grienen überzog sein schokobraunes Gesicht. Der Alte und Narbengesicht sollten zappeln. Ihn amüsierte, zu bluffen und Menschen zu täuschen.

„Ein Viertel!"

„Fünfundzwanzig Prozent an dich."

„Strike."

Lässig tippte Felipe Gonzalez mit den Fingern an die Schläfe. Das war unkomplizierter als befürchtet gelaufen. Der Lateinamerikaner weidete sich daran, den Preis mit zwei Worten um ein Viertel nach oben getrieben zu haben. Er hätte selbst bei niedrigerem Salär eingewilligt.

Hier war alles geklärt. Mit einem kurzen Gruß verabschiedete sich der junge Mann und spurtete zur U-Bahnstation.

Unterdessen regnete es Bindfäden. Orkanartige Böen hatten den See in heftige Unruhe gebracht. Hohe Wellen spülten Treibgut ans Ufer. Die Haubentaucher verharrten ruhig im Schilfdickicht.

Mit offenen Mündern glotzten Hannes Fiori und die IT-Spezialistin dem wegrennenden Brasilianer nach.

Karlsfeld, Fischzuchtbetrieb „Aquakult", 14. Oktober 2015, 21:15 Uhr
Die Seniorin griente.

Friderike Kuhlmann besaß drei Laptops. Das schmale, silberglänzende, flache Schmuckstück mit dem angebissenen Apfel auf dem Deckel gefiel ihr am besten.

Knochige Finger flogen im Zehnfingersystem über die Tastatur.

Die Chatpartnerin antwortete postwendend.

„Hallo Jenifer. Wie geht's dir?"

„Hey Omi. Cool, du bist online! Meine Lehrer nerven. Sonst läuft's gut. Ich check täglich dein Facebook-Profil. Du hast vierhundertachtundneunzig Freunde. Wie cool ist das denn? Jede Woche wächst deine Fangemeinde um zehn Prozent. Wie schafft man's, so schnell beliebt zu werden? Schreib mir das Geheimnis. Ich will von dir lernen."

Hinter der Nachricht Jenifer Kuhlmanns waren drei gelbe Smileys zu sehen.

Gespannt wie ein Flitzebogen zog die Auszubildende lauwarmen Cappuccino durch einen pinkfarbenen Strohhalm.

Der unbeliebte Lehrer hatte die Auszubildende und ihre Klassenkameraden vier Stunden mit Rechnungswesen und Finanzmathematik gefoltert. Soll wie Haben, aktive und passive Bestandskonten ermüdeten genauso wie die Erläuterung des Wortes buchhalterisch unter semantischen Aspekten.

„Ich habe hunderte Fotos hochgeladen. Wenn ein User meine Seite nett kommentiert, antworte ich innerhalb von vierundzwanzig Stunden."

Jenifer Kuhlmann scrollte durchs Facebook-Profil von Ömchen. Die alte Dame hatte knapp tausend Fotos sowie zwanzig Videos zur öffentlichen Einsicht freigegeben. Fünf Verzeichnisse strukturierten den Inhalt des orangenen Reiters „Fotos und Videos" in der oberen Hälfte der sozialen Netzwerkseite.

- *Bergtouren*
- *Familie sowie Freunde*
- *Bewahrtes aus leider zu weit zurückliegenden Jahren*
- *Training und Fitness*
- *Städte- und Fernreisen*
- *Diverses*

Die Auszubildende saugte den Milchkaffeerest mit dem Trinkröhrchen auf und bewegte den Mauspfeil auf den vierten Ordner. Aus schmalen Augen starrte sie auf den Bildschirm. Diverse Kameras hatten Fotos ihrer Oma im Fitnessraum geschossen.

- *Rückentraining*
- *Wadentraining*
- *Beintraining*
- *Nackentraining*
- *Armtraining*

Die kindhafte Frau las laut die Ordnernamen. Jenifer Kuhlmann gähnte. Vielleicht präsentierte Großmütterchen Spannenderes. Sonst drohten ihre Augen in wenigen Augenblicken zuzufallen. Die Auszubildende wechselte ins Verzeichnis „Diverses".

Plötzlich pochte die Speiseröhre der jungen Frau. Irritiert schaute sie an sich herab. Ihr Unterleib kribbelte.

Der Plastikbecher fiel auf den Boden. Cappuccino fraß sich sekundenschnell in den weißen Teppichboden.

Das scharfe Foto zeigte einen durchtrainierten Mann von hinten. Eine nackte Frau lag rücklings unter dem mit einem Slip bekleideten Athleten. Ihr Gesicht war durch einen schwarzen Kreis unkenntlich gemacht worden.

Jenifer Kuhlmanns Atem beschleunigte sich. Ein wachsender Kloß drückte auf den Hals. Panisch riss sie das Fenster auf. Der aufgeweichte Gartenboden schien auf einmal nur wenige Handbreit entfernt. Im Kopf flimmerte es. Das Seepferdchentatoo eine Handbreit unter dem rundgeformten Po wies den Knaben untrüglich als ihren Freund aus.

Die Auszubildende überlegte einen Augenblick, auf den Sims zu klettern, besann sich jedoch im nächsten Moment.

Ihr kamen Bedenken. Sie musste sich täuschen. Ein Feind hatte ihr übel mitgespielt, eine Fotomontage produziert, die Firewalls des großmütterlichen Rechnersystems überwunden und dieses ekelhafte Foto eingestellt. Welcher Fiesling war in der Lage, ihr so eine Gemeinheit anzutun? Was bezweckte der Hacker?

Die Augen Jenifer Kuhlmanns irrten über den Bildschirm, den grünen Punkt neben dem Profilfoto ihrer Oma suchend.

Erschöpft fiel die junge Frau in den Stuhl. Für einen Moment war sie unsicher, wo sie sich befand.

Mit zitternden Händen bewegte die Auszubildende den tanzenden weißen Cursorpfeil auf das Kreuz. Unverzüglich meldete sich der Laptop dreimal piepsend ab.

Wangenknochen stachen aus dem fein geschnittenen Gesicht. Jenifer Kuhlmann schloss das Fenster. Wenigstens der Röhrendruck hatte nachgelassen.

Am Morgen würde sie Großmutter mit diesen abscheulichen Fotos konfrontieren. Die junge Frau kritzelte bibbernd Fragen auf einen

Schmierzettel.
- *Wer sind der Kerl und die Tussi?*
- *Wo ist das Foto geschossen worden?*
- *Warum wurde die Aufnahme in dein Profil eingestellt?*
- *Seit wann befindet sich das Bild auf dem Rechner?*

Das Motiv zeigte auf gar keinen Fall ihren Liebling. Dunkle, makellos gewachsene, muttermalfreie Athletenrücken gab es zuhauf, modische Tattoos ohnehin. Außerdem bekleidete ein ihr unbekannter Slip diesen athletischen Knackhintern. An der Copacabana vergangenen Winter hatte sie verstohlen vielen gut gebauten Männerpos hinterhergelinst, wenn Felipe an der Strandpromenade Eis oder Hotdogs holte.

Jenifer Kuhlmann steckte eine Hand in den Mund. Seit der Pubertät kaute die junge Frau nicht mehr an Nägeln. Schaudernd erinnerte sie sich ihrer Kindheit. Die Auszubildende riss die Augen auf. Am Zeigefinger hingen mehrere blutige Fetzen.

Karlsfeld, Fischzuchtbetrieb „Aquakult", 15. Oktober 2015, 7:10 Uhr
Angelika Kuhlmann entstieg dem Einzelbett. Zum Glück fühlte die Fünfzigjährige ihren Körper wieder. Wie jeden Morgen trat sie zuerst mit dem rechten Fuß auf. Die Oberbayerin vertraute darauf, diesem Ritual würde ein guter Tag folgen. Sie band die langen Haare zu einem Zopf. Stirnrunzelnd beäugte sich die Versicherungsangestellte im Spiegel.

Zehn Minuten später hockte sie am gedeckten Frühstückstisch ihrem Lebenspartner gegenüber. Mit zusammengepressten Lippen griff sich die Frau eine Schwarzbrotschnitte.

In der Welt des Gatten kreiste alles um Steinbutte oder Aale. Wenn Friedrich Kuhlmann nicht über Plattfische und deren komplizierte Aufzucht zur Geschlechtsreife dozierte, referierte er über die Intelligenz seiner zweiten Lieblingsfischspezies. Diese getreckten, schlangenartigen Tiere wanderten im Alter von elf Jahren aus europäischen Flüssen, Bächen und Seen in die Sargassosee östlich Floridas, um sich fortzupflanzen und kurz darauf zu verenden.

Die Aquafarmergattin hatte sich zigmal anhören müssen, wie Zuchtanlagen mit Tauen, Stricken oder Hölzern zu sichern waren, damit Aale nicht ausrissen. Drei Jahre nach ihrer Geburt landeten die Fische in Lokalen, Privathaushalten oder Betriebsküchen, sei es in Stücke filetiert oder im Ganzen oder in Teilen geräuchert, gebraten, gekocht, gedämpft, pochiert oder gedünstet. Am leidenschaftlichsten monologisierte ihr Gatte über Wasserstände, Regenfallwinkel, Nachtzeiten wie Mondphasen.

Die Frau stieß einen tiefen Seufzer aus.

Vor sechs Jahren hatte sie Hoffnung geschöpft. Bauarbeiter erstellten Kreislaufanlagen. Diese in Hallen verbauten modernen Zuchtstationen funktionierten wie Klärwerke, Fischflucht ausgeschlossen.

Ihres Mannes Ausführungen kreisten in jener Phase um Bauträger, Technik wie Finanziers und sogar um Urlaub. Es wäre die erste familiäre Auszeit seit fünf Jahren gewesen.

Nachdem die Anlage erbaut war, fiel er in alltägliche Routine zurück. Aquafarming stand direkt oder indirekt im Mittelpunkt jeder Unterhaltung. Am Frühstückstisch, beim Mittagessen oder vor dem Zubettgehen ging es um Schlangenfische oder Steinbutte, niemals hingegen um ihre Belange wie Träume.

„Weibliche Aale werden mit zwölf bis vierzehn Jahren geschlechtsreif. Männliche Exemplare sind bereits im Alter zwischen sechs und neun soweit. Was bilden sich diese frühreifen Bengel eigentlich ein? Um zu laichen, wandern Vertreter der Anguilla-Spezies zwischen September und Oktober aus heimischen Gewässern dorthin zurück, wo sie geschlüpft waren. Der Zielort befindet sich zwischen Florida und den Bermudas. Die Tiere legen in einem Jahr über fünftausend Kilometer ohne Nahrungsaufnahme gegen den Golfstrom zurück.

Dieser Österreicher ist ein genialer Autor. Sein Werk ist meine Bibel."

Friedrich Kuhlmann schmunzelte über den eigenen Witz. Einen Wurstzipfel kauend legte der Unternehmer das Kollegenbuch zur Seite. Mit verklärtem Blick betrachtete er das einen Aalschwarm zeigende Schwarzweißfoto auf der vorderen Umschlagseite.

Hasserfüllt glotzte seine Frau über den Tisch.

„Amen! Ich habe deine langweiligen Fischgeschichten dieses Jahr dreißigmal über mich ergehen lassen müssen. Nun reicht es! Kümmre dich stärker um Kunden. Denk einmal an mich!"

Wütend schmiss Angelika Kuhlmann das mit Butter- und Matjessalatresten bestrichene Tafelmesser aufs Tischtuch. Die Stimme der Fünfzigjährigen war eine Oktave höher gesprungen.

Betroffen legten ihre Schwiegermutter und Tochter die Bestecke zur Seite. Beide Frauen hatten bisher schweigend gefrühstückt. Plötzlich blitzte Neugierde aus den Gesichtern.

„Was ist mit dir los? Ich verstehe ..."

„Wenig, wolltest du dieses Wort aussprechen?"

Friedrich Kuhlmann beugte sich vor. Aus geröteten Augen stierte er die Lebenspartnerin an. Der Unternehmer schien aus allen Wolken gefallen zu sein.

Außer dem Ticken der riesigen Wanduhr war sekundenlang kein Geräusch zu vernehmen.

Die Mutter des Teichwirts räusperte sich. Sie spitzte erdbeerrot geschminkte Lippen und fixierte mit finsterer Miene die Gattin ihres Sohnes.

„Fritz will unser aller bestes. Warum reagierst du empfindlich und egozentrisch? Ich hätte mich Hans gegenüber nie so respektlos benommen. Der liebe Gott habe ihn selig!"

Für einen Sekundenbruchteil betrachtete die Witwe das geschmacklose Kopfportrait in Öl an der Seitenwand, welches ihren verstorbenen Mann am Hochzeitstag in den frühen Sechzigern zeigte. Die Seniorin bekreuzigte sich mit schnellem Blick zur Decke.

„Wie ist denn dein Ehegatte zu Tode gekommen? Willst du uns etwas beichten?"

Die Fragen Angelika Kuhlmanns surrten wie ein abgeschossenes Bündel indianischer Giftpfeile durch den Raum.

Fassungslos glotzte die alte Frau ihre Schwiegertochter an. Schauspielerisch gekonnt strich sie über pulvertrockene Augenhöhlen.

„Ich bin zutiefst erschüttert. Was unterstellst du mir? Doktor Mosbacher hat den Totenschein ausgestellt. Hans stürzte. Der Arme war schwindelkrank. Dir bereitet die aktuelle Stresssituation gewaltige Probleme. Eine liebende Ehepartnerin unterstützt ihren Gemahl. Du hingegen fällst meinem Sohn in den Rücken."

Wutentbrannt starrte Angelika Kuhlmann auf die Schwiegermutter. Diesen offenen Angriff würde die Intrigantin bereuen. Eine Lenggrieserin ließ sich nicht bloßstellen. Die Augen der Fünfzigjährigen blitzten.

Ein kalter Luftzug strömte ins Zimmer.

Durch die Bank alle Familienmitglieder blickten überrascht zur Tür.

Für eine Sekunde hellten sich die Gesichtszüge der Versicherungsangestellten auf.

Felipe Gonzalez stürmte portugiesische Begrüßungsformeln schreiend in den Essraum. Eine prall gefüllte Sporttasche landete in hohem Bogen im Eck. Der Beau umarmte seine Freundin und küsste sie temperamentvoll auf den Mund.

Angelika Kuhlmanns Hand strich über die Tischdecke.

Dieser Geruch zeugte von der Handcreme des Knaben. Mit geschlossenen Augen atmete sie süßlichen Parfumduft ein. Im Nu beruhigte sich der Puls.

Wenn ihr Gatte lediglich ein Zehntel der Spannkraft dieses tollkühnen Brasilianers hätte, wäre die Ehe mit ihm nicht vor die Hunde gegangen.

Die Partnerin des Aquafarmers seufzte. Aus dem Augenwinkel

nahm sie den im Stuhl zusammengesunkenen Lebensgefährten wahr. Im nächsten Moment starrte sie feindselig ihre Schwiegermutter an.

Die Seniorin saß kerzengerade mit gefalteten Händen am Tisch.

Angelika Kuhlmann nahm ein die Lippen umspielendes Schmunzeln bei der Gegnerin wahr. Einen Fortgang dieser demütigenden Szene wollte sie sich ersparen. Unvermutet zog die ehemalige Leistungssportlerin einen Overall über und sprang auf.

Jenifer Kuhlmann hielt ihren Partner fest umschlungen. Gerötete Augen stachen aus dem leichenblassen Gesicht hervor.

Felipe Gonzalez sah aus dem Fenster. Verstohlen zwinkerte der Schönling der Fünfzigjährigen durch die Scheibe zu. Eine Sekunde später schielte der Brasilianer zu seiner Freundin. Sie schien nichts bemerkt zu haben. Er schloss die Augen.

Karlsfeld, Fischzuchtbetrieb „Aquakult", 15. Oktober 2015, 9:10 Uhr
Friderike Kuhlmann presste das Smartphone ans Ohr.

Die Patronin befand sich in der Halle, das Wohnhaus musternd. Erfreulicherweise war keine Menschenseele zu sehen.

Hannes Fioris Lunge rasselte rhythmisch. Der Mittsechziger inhalierte tief eine Zigarette.

„Bist du noch in der Leitung?"

„Selbstverständlich."

„Was erlaubt sich dieses Subjekt?"

„Du hörst dich aufgeregt an. Über wen sprichst du?"

„Ich meine diese überflüssige Kreatur, die sich viel zu lange meines Sohnes Gemahlin schimpft."

„Starke Worte. Wo bist du? Ich höre dich kaum. Es rauscht aufdringlich im Hintergrund."

„In der Halle bei den Butten."

„Was ist passiert?"

„Erzähle niemandem davon. Versprichst du mir das?"

„Du weißt doch, Italiener schweigen wie ein Grab."

Friderike Kuhlmann schluckte.

Die Seniorin prüfte erneut aus schmalen Augen, ob sich etwas im Haus tat. Aus geweiteten Augen nahm sie einen Schatten am Horizont wahr. Ein riesenhafter Krähenschwarm flog kreischend Richtung Betriebsgelände in der Hoffnung, Fischkadaverreste aus der Tagesschlachtung abzustauben.

„Meine Schwiegertochter betrügt ihren Mann!"

„Bist du sicher? Eventuell arrangieren sich die zwei. Offene Beziehungen sind heutzutage keine Seltenheit. In meiner Heimat ist das gang und gäbe."

„Verschone mich mit männlichen Singlephantasien eines alternden, halbitalienischen Möchtegerngigolos. Fritz ist übersensibel. Meinem Kind würde es das Herz brechen, wenn es vom Betrug erfährt. Der Junge ist der beste Gemahl, den sich eine Frau wünschen kann."

Friderike Kuhlmann plärrte ins Handy, sorgfältig darauf bedacht, dass ihr Gesprächspartner geschauspielertes Schluchzen wahrnahm. Eine Sekunde später hielt sie den Atem an.

„Beruhige dich. Hast du eine Ahnung, mit wem sie den Ehebruch begeht? Und warum bist du dir so sicher?"

„Weibliche Intuition. Ich werde es herausfinden. Mir ist kalt. Wir hören uns bald!"

Die Anruferin touchierte mit dem Zeigerfinger das Smartphone Display.

Das Gerät flutschte ins Seitenrevers der Sportjacke.

Zufrieden atmete die Seniorin durchs gekippte Fenster flutende frische Regenluft ein.

Alles lief glatt.

Sie hatte Hannes Fioris Interesse angestachelt. Kontrollwütige Menschen dürsteten nach Informationen.

Friderike Kuhlmann wusste genau, was der Spitzenkoch hören wollte, damit er neugierig blieb und den nächsten Anruf ungeduldig herbeisehnte.

Am Ende des Tages würde sie ihn in ihrem Sinne manipulieren.

Die Seniorin nahm sich vor, den Südländer in den folgenden Tagen häppchenweise mit Nachrichten über Schwiegertochter und Sohn zu füttern und ihn aufzuwiegeln.

Teuflisch grinsend wippte sie mit dem Fuß.

Hallbergmoos, Franz-Josef-Strauß-Flughafen, 15. Oktober 2015, 9:55 Uhr

Es goss in Strömen.

Eine Lufthansa-App hatte Friderike Kuhlmann fehlerfrei im Sprachempfehlungsduktus vom Parkhaus zur Ankunftshalle dirigiert. Erleichtert atmete die Abholerin durch. Das System hatte sie trockenen Fußes zum Terminal geleitet.

Die rüstige Seniorin schaltete das Handy aus und spazierte in den Empfangsbereich von Europas bestem Flughafen. Begeisterte Reisende hatten den Münchner Airport 2014 wie 2015 auf eins gewählt. Die Witwe registrierte das von der Hallendecke hängende Schild mit einem landenden Airbus A380. Sie schlenderte zum Zeitungsstand.

Geschäftsreisende mit Handgepäck eilten durch die automatisch öffnende Michglastür. Auf der Stelle kam Bewegung in die Meute der mit Namensschildern bewaffneten Männer. Fahrer warteten darauf, Firmeninhaber, Beamte im höheren Dienst, Manager, Unternehmensberater wie Kunsthändler zu Kunden oder an Arbeitsplätze zu chauffieren.

Gegebenenfalls zeigte sich Politprominenz aus Bund und Land. Friderike Kuhlmann wandte sich zur Seite.

Eine lange Reihe schwarzer Limousinen parkte in der Haltezone vor dem Flughafengebäude.

„Wie aufmerksam von dir, mich zu empfangen. Danke!"

Fröhlich küsste Anneliese Brikowski die Abholerin auf die Wange. Friderike Kuhlmann war platt. Die Busenfreundin schien sich hinter einigen schwergewichtigen Anzugträgern in die Halle gemogelt zu haben.

Die Seniorin schälte ihren Körper aus der Umklammerung. Arm in Arm gingen die Vertrauten Richtung Ausgang.

„Du bist blass um die Nase. Das bringt mich auf einen Gedanken. Ich möchte meine Morgentoilette prüfen. Habe bitte etwas Geduld."

Anneliese Brikowski klappte einen Rundspiegel auf. Sorgfältig tupfte sie mit einem feinen Pinsel Puder aus dem Döschen auf beide Backen. Nach kritischem Prüfblick ließ die Fünfundsechzigjährige das Schminkinstrument in einer Velours ledernen Handtasche verschwinden.

„Hast du Stress in der Familie, oder quält dich Muskelkater?"

„Mir ist nicht nach Späßen zumute. Angelika zickt."

„Sprichst du von deiner Schwiegertochter?"

„Fritzchen reibt sich für den Betrieb auf. Ich mache mir Sorgen um die Gesundheit meines Sohnes. Seine Frau denkt ohne Ausnahme an den eigenen Vorteil. Sie ist egoistisch."

Friderike Kuhlmann hatte diesen Gesichtsausdruck dutzende Male vor dem heimischen Spiegel geprobt. Gekonnt wischten ihre Finger über staubtrockene Augen.

„Was willst du unternehmen?"

„Angelika betrügt Friedrich mit einem Versicherungskerl. Von einer Ehebrecherin lasse ich mir nicht die Familie zerstören."

„Meinst du die „Accurata"? Wer ist der Bazi?"

Mit einer Mischung aus gespielter Empörung und Neugierde blickte Anneliese Brikowski ihr Gegenüber an. Der Mund der Vorstandsgattin stand wenige Millimeter offen. Makellose Zähne blitzten.

Friderike Kuhlmann ließ sich mit der Antwort einige Sekunden Zeit. Konspirativ beugte sich die Seniorin vor und legte die Hände in

Kreisform um Mund und Nase.

Lärmend flog eine Schar Pauschalreisender heran. Jeder dritte Passagier hielt eine Wodkaflasche unter die Achsel geklemmt. Das Frauenpaar ließ die Krakeeler vorbeiziehen. Friderike Kuhlmann senkte die Stimme. Ihre schwarzen Wimpern klimperten.

„Ich benötige den Namen des Betrügers. Dein Ehegatte zeichnet in der Geschäftsführung für die Bereiche Beteiligungen und Lebensversicherungen verantwortlich."

„Mein Liebster ist für das Wohl und Wehe des gesamten Unternehmens zuständig. Ich bin mit der Organisation von Wohltätigkeitsveranstaltungen beschäftigt. Mich nerven die vielen Abendessen mit Karrieristen aus Wolfgangs Versicherung. Wir tauschen uns selten über seine Arbeitstage aus. Dazu fehlen uns Zeit und Muße."

„Dein Gemahl ist sehr mächtig."

„Mit einem außerordentlich erfolgreichen Mannsbild verheiratet zu sein strengt an. Du würdest nicht mit mir tauschen wollen, hättest du meinen Stress. Ich bin drei Abende je Woche fremdbestimmt."

Anneliese Brikowski stöhnte leise auf. Hastig strich die Vorstandsgattin wenige Flusen vom hellbraunen Kamelhaarmantel. Die hochgewachsene Frau richtete mit beiden Händen ihre nach oben gesteckte rotbraun getönte Frisur aus.

Dreist zwinkerte sie einem entgegeneilenden attraktiven Mittfünfziger um die eins neunzig zu. Der Uniformträger starrte, den Schritt forcierend, ins Leere. Für einen Moment hing ein dunkelblauer Rollkoffer mit Kranichaufkleber in der Luft.

Friderike Kuhlmann hielt den Atem an. Der Seniorin gefiel dieses wohlige Bauchkribbeln. Diabolisch zeigte die Witwe von der Begleiterin abgewandt ihre Goldkronen.

„Wolfgang könnte sich umhören, mit welchem Betriebsgenossen dieses Element eine Affäre hat. In seiner Position ist's kinderleicht, aus Mitarbeitern Antworten herauszukitzeln. Die meisten Untergebenen denunzieren mit Freude, um beim Vorstand zu punkten. Ihre Kollegen erfahren nie, wer sie angeschwärzt hat."

„Siehst du es mir nach, wenn ich deinen Wunsch ablehne? Mein Mann würde auf Anhieb riechen, dass ich ihn ausspioniere. Was soll ich diesem blitzgescheiten Menschen antworten, falls er wissen möchte, warum ich ihn um so einen ungewöhnlichen Gefallen bitte?"

„Dir werden überzeugende Argumente einfallen. Ich fand es mutig, wie du im Sommer den Bergführer mit Trapezfigur und strahlend blauen Augen auf der Coburger Hütte angesprochen hast. Erinnerst du dich? Dieser Teufelskerl könnte selbst mir gefallen, hätte ich Hans nicht bis an mein Lebensende Nibelungentreue geschworen. Mailst du ihm? Verkehrt ihr über SMS oder WhatsApp? Schreibt er dir über Facebook? Skyped ihr?"

Anneliese Brikowskis dunkle Augen flackerten hin und her. Die Vorstandsgattin schluckte. Mit zittriger Hand schlug sie den Pelzkragen des gestern erworbenen Mantels norditalienischer Machart hoch.

„Ich werde Wolfgang heute Abend fragen."

„Du bist meine einzige Herzensschwester. Lass dir einen dicken Kuss geben."

Die beiden Frauen waren am Auto angekommen. Friderike Kuhlmann hielt ihre Gefährtin im Arm gefangen. Die Witwe verzog den Mund.

Von einem unbedarften weiblichen Eindringling ließ sie sich nicht das Erbe des Verblichenen stehlen. Anneliese zu überzeugen war kinderleicht gewesen. Diese naive Vertraute hatte sich bloß kurz geziert.

Die Seniorin steckte das Ausfahrticket in den Automatenschlitz und betätigte den Schalter des elektrischen Fensterhebers.

Die öffnende Schranke gab den Weg frei. Der SUV brauste mit aufheulendem Motor davon. Wasserfontänen spritzten Richtung Flughafengebäude.

München, Barer Straße, 15. Oktober 2015, 22:10 Uhr
Felipe Gonzalez atmete aus. Der Lateinamerikaner befand sich in seiner Schwabinger Altbauwohnung. Auf der Straße war kein Mensch zu sehen. Mit einem Griff zog er den grüngelben Kunststoffvorhang zu.

Gestern Nachmittag war der Student gezwungen gewesen, neunzig Minuten in einer stinklangweiligen Vorlesung über Erwartungswerte und Bernoulliprinzip auszuharren. Erfahrungsgemäß reichte es, einmal pro Woche im Hörsaal vorbeizuschauen und in der ersten Reihe Platz zu nehmen. Dadurch signalisierte man dem C&A-Typ mit Kassengestell aus den frühen Siebzigern hinter dem Pult Interesse und vermied einen professoralen Rüffel wegen Schwänzens. Skripte ließen sich problemlos bei Blondinen oder Schwarzhaarigen beschaffen. Heute hatten ihm in der Uni fünf 90-60-90-Modelle Handynummern und E-Mailadressen zugesteckt. Morgen würde er die Hübschen zur Schaumparty im Whirlpool mit Champagner und Speed einladen.

Der Twen strich seine schwarze Tolle glatt. Jeden Morgen verbrachte er sechzig Minuten im Bad. Selbst vierzehn Stunden nach dieser Prozedur sah er wie aus dem Ei gepellt aus.

Ihn überwältigte die allabendliche Nervosität. Idealerweise befand sich in der obersten Kommodenschublade genug Stoff. Der Brasilianer durchwühlte ein Bündel Unterwäsche und Socken. Mit zittrigen Händen zog er ein Plastikpäckchen aus dem Knäuel Boxershorts. Sekunden später lagen wenige Gramm weißes Pulver auf dem Tisch. Der Beau nestelte eine Rasierklinge aus der Hosentasche und riss das Schutzplastik weg. Mit einem Zwanzigeuroschein fegte er das Kokain zu einem Häufchen zusammen.

Gierig zog Gonzalez den Stoff durchs Plastikröhrchen. Sofort ließ der Schläfendruck nach. Der Stoff erregte den Latino.

Wie es lief, gefiel es ihm gut. Alle ehrenwerten, brasilianischen Männer besaßen mehrere Puten. Ein Weib arbeitete im Haushalt, sorgte für gutes Essen und zog die Kinder auf. Mindestens drei weitere Feen hielten sich Tag und Nacht für Sex bereit.

Ihn überfiel die Müdigkeit.

Handyvibrationen fraßen sich ins Unterbewusstsein des Drogenabhängigen.

Im nächsten Moment lag er schnarchend über dem Tisch.

Karlsfeld, Fischzuchtbetrieb „Aquakult", 16. Oktober 2015, 11:25 Uhr
Bodennebel beschränkte die Sicht auf sechs Autolängen. Wolfgang Loiperdinger chauffierte den BMW mit hundertzwanzig Kilometern pro Stunde auf der engen Landstraße. Sein Sitznachbar gaffte mit zusammengekniffenen Augen durch die Frontscheibe. Gregor Klar trug weiße Schutzhandschuhe aus Nylon. Immer dann, wenn der notorisch ungepflegte Kollege den Dienstwagen hintereinander mehr als fünf Tage bewegte ohne eine Grundreinigung durchführen zu lassen, schützte er seine Pranken vor vermutetem Dreck.

Das Autotelefon klingelte.

„Doktor Schulte hier. Hören Sie mich?"

„Wir vernehmen eine angenehm tiefe Stimme über Freisprecher."

„Klar, Sie alter Schmeichler! Ich habe vor wenigen Minuten mit Ihrer reizenden Assistentin telefoniert. In einem Karlsfelder Fischzuchtbetrieb ist bedauerlicherweise eine Leiche aufgetaucht. Den Vorzeigeaquarianer hat die Süddeutsche Zeitung im Septemberkulturmagazin mit Lobeshymnen überschüttet. Friedrich Kuhlmann war 2014 Öko-Fischzüchter des Jahres."

Der Hauptkommissar holte erfreut Luft. Er beabsichtigte, die oberstaatsanwaltliche Sprechpause für eine Anmerkung zu nutzen.

„Die Ehepartnerin des Opfers rief um exakt 10:00 Uhr auf der Wache im Hasenbergl an. Unsere Kollegen haben das Telefonat vorschriftsgemäß in die Leitzentrale überstellt, die wiederum mich informiert hat. Frau Kuhlmann fand den Toten im Zuchtbecken. Die

Witwe spricht von Selbstmord. Die korrekte Benennung der eigenhändig herbeigeführten Sterbensursache wäre Selbsttötung gewesen. Als einer der nachweislich besten und erfahrensten Juristen Bayerns wollte ich gegenüber diesem unerfahrenen einfachen Streifenpolizisten keinesfalls beckmesserisch dozieren. Neider heften einem unerklärlicherweise voreilig den Ruf des arroganten Besserwissers an. Doch lassen wir das. Gerichtsmediziner und Kriminaltechniker dürften bereits am Tatort eingetroffen sein. Ich habe Doktor Rattelsberger vor dreißig Minuten Bescheid geben lassen. Ein eingespieltes Team klärt diesen glasklaren Fall abschließend in weniger als einer Arbeitswoche. Fassen Sie ihr Protokoll kurz. Ich werde mir die Summe aller intellektuellen Ergüsse am Wochenende zu Gemüte führen. Meine bessere Hälfte und ich feiern abgeschieden silberne Hochzeit in unserem Garmischer Ferienhaus. Ab 16:00 Uhr werde ich weder telefonisch noch über Mailverkehr erreichbar sein. Machen Sie es gut. Grüßen Sie mir Ihren Stellvertreter, der ohnehin mitgehört hat. Ich empfehle mich."

Kopfschüttelnd strich sich der Hauptkommissar über das stoppelbärtige Kinn.

Wolfgang Loiperdinger schmunzelte vor sich hin.

Der silbergrüne BMW rollte aus.

Vor dem durch einen hohen Maschendrahtzaun geschützten Betriebsgelände parkte ein Einsatzfahrzeug der Münchner Polizei.

Der Schupo deutete auf das vier Meter hohe Tor, hinter dem zwei Dobermannrüden knurrend patrouillierten. Sein Kollege hatte wenige Meter hinter ihm Position bezogen. Gefletschte Hundezähne blitzten den Ordnungshütern durch metallene Gitterstäbe furchteinflößend entgegen.

Gregor Klar stopfte beide Nylonhandschuhe ins Revers seiner Winterjacke.

„Da wären wir."

„Morgen! Wir sind vor zehn Minuten eingetroffen."

Ein ein Meter und achtzig großer Mann in Trainingskleidung schlenderte den Polizeibeamten mit tief in den Hosentaschen versenkten Händen entgegen. Der vierundzwanzigjährige Südländer stoppte hinter einem grauen Kasten, in dem die Torsteuerung verbaut war. Seelenruhig nahm er einen Kaugummi aus dem Mund und klebte ihn an den Betonpfeiler.

Wolfgang Loiperdinger zündete seine erste Zigarette heute an. Eine Rauchfahne schoss gen grauen Himmel. Kreidebleichen Gesichts starrte er auf die Dobermänner.

„Bellende Hunde beißen nicht."

„Schon gut. Ich habe einen Rhodesian Ridgeback. Gregor Klar übrigens, Kripo München. Kommissar Wolfgang Loiperdinger begleitet mich. Die leichenblassen Herren dahinten sind Polizeimeister Omar Karakus und Alois Mörtelbacher."

„Freut mich. Felipe hier. Eigentlich Felipe Andrea Maria Fernandez Gonzalez. Für Kumpels und Familie bin ich der Feli."

Im Zeitlupentempo öffnete sich das elektrisch gesteuerte Tormonstrum. Der junge Südländer hielt die beiden zerrenden Hunde am Halsband. Seine andere Hand blieb in der Hosentasche verschwunden.

Gregor Klars Augen erfassten den grauen Bürotrakt. Neben dem Haus standen in einer Distanz von zwanzig Metern fünf Hallen. Aus quadratischen Kunststofffenstern quoll Wasserdampf.

Die Dobermänner zerrten in Loiperdingers Richtung. Der Lateinamerikaner mühte sich redlich, die beiden Rüden zurückzuhalten. Seine Fersen versanken im Schlamm.

Der Hauptkommissar schmunzelte den Kollegen an.

„Diese eleganten Geschöpfe scheinen dich nicht sonderlich zu mögen, deinen Leberkäsatem indes schon."

„Ich bringe Clint und Jack zu den Aalen."

Felipe Gonzalez leinte die wütend kläffenden Wachhunde, deren Stoßzähne gefährlich blitzten, an.

Der Hauptkommissar wartete geduldig, bis der junge Mann außer Sichtweite war. Drei Sekunden später eilte Gregor Klar zur Halle.

Auf Zehenspitzen linste er durchs gekippte Fenster.

Sechs rechteckige bis unter die Kante wassergefüllte Becken aus grünem Hartplastik füllten den menschenleeren Raum. Der Kripomann schätzte jedes Kunststoffgefäß auf fünfzehn mal drei Meter. Platschgeräusche vermischten sich mit Aggregatbrummen. Hinter einer raumhohen Glaswand befanden sich technische Gerätschaften. Alle Quader waren über Zu- oder Ableitungen mit einem Silo hinter der transparenten Abtrennung verbunden.

Wolfgang Loiperdinger stapfte neben den Einsatzleiter.

„Hast du solch mit Maschinenkraft angetriebenes Gerät wie da am Beckenende schon mal irgendwo gesehen? Sieht kompliziert aus."

„Der Trichter? Null Ahnung, wofür der gut sein soll."

„Das ist die Futtersteuerung. Was machen Sie eigentlich hier?"

Die Kripomänner drehten sich um. Vor ihnen stand tränenüberströmt eine junge Frau. Lange blonde Haarbüschel hingen vor ihrem Gesicht. Gregor Klar fielen die feinen Konturen der Zwanzigjährigen auf. Jenifer Kuhlmann kam ihm wie eine zerbrechliche Porzellanpuppe vor.

Trainingsanzug war zurück, zur großen Freude aller ohne Dobermänner.

„Die Kommissare sind wegen Papa hier. Lass uns zu Mama und Omi rübergehen. Es ist kalt."

Die Polizisten nickten der hübschen jungen Frau zu.

Behutsam strich Felipe Gonzalez Staubfussel vom Stoffmantel der Freundin und zog die Schlotternde liebevoll an seine Brust.

Rüdiger Rattelsberger schlurfte aus dem Wohngebäude. Im Zeitlupentempo hob der Rheinländer eine Hand und winkte den Polizisten zu. Dieser aufgedunsene Kopf war Mitleid erregend. Familie und Kollegen des Gerichtsmediziners bangten sich wegen seines seit Monaten verschlechternden Gesundheitszustandes.

Klar hatte bei Doktor Schulte durchsetzen können, dass der Pathologe trotz Parkinsonerkrankung ermitteln durfte. Münchens Chefankläger hatte eine fünfseitige Auflistung detaillierter Einsatzbedingungen verlangt, bevor er dem Deal zustimmte.

Vermutlich mussten Oberstaatsanwälte ausbildungsbedingt Bedenkenträger sein. Immer wieder wechselnde Notärzte am Tatort waren dem Hauptkommissar ein Gräuel. Darüber hinaus war ihm dieses Unikum in fünfzehn Jahren Zusammenarbeit ans Herz gewachsen.

Hinter dem Rheinländer standen fünf Kriminaltechniker in weißen Anzügen. Der Gerichtsmediziner fummelte am Hosengürtel.

„Entschuldigung. Musste austreten. Wo befindet sich die Leiche?"

„In Halle 3. Nummer steht aufm Schild."

„Wir machen uns auf den Weg."

„Wolfgang, begleitest du unseren Doktor?"

Mit offenem Mund starrte der Hauptkommissar den jungen Lateinamerikaner an. Aufs Neue hatte ihn Gonzalez´ vorlaute Art negativ überrascht.

Der Arzt gab seinen Assistenten ein Handzeichen.

Loiperdinger nickte wortlos. Ein Zigarettenstummel im Kies glühte aus.

Gregor Klar war gespannt, welche Todesursache die Ärzte ermitteln würde. Zwanzig Prozent aller vermuteten Selbsttötungen entpuppten sich nach gerichtsmedizinischen Untersuchungen als Morde. Doktor Schulte würde sich in seinem Garmischer Ferienhaus gedulden müssen. Dies meldete das Bauchgefühl des Hauptkommissars.

Karlsfeld, Fischzuchtbetrieb „Aquakult", 16. Oktober 2015, 11:50 Uhr
Wer schrieb heutzutage nach wie vor Briefe?

Friderike Kuhlmann fand außer nervenden Rechnungen von Versicherungen, Banken oder Energieversorgern ausschließlich überflüssige Werbung oder unerwünschte Spendenaufrufe gemeinnütziger Institutionen im Briefkasten. Selbst ihre beste Freundin schickte nicht Postkarten, sondern Fotonachrichten über WhatsApp, um sie an uninteressanten Urlaubserlebnisdetails aus allen Herren Länder teilhaben zu lassen.

Die Seniorin legte die Lesebrille ab. Dieser graue Umschlag ohne Absender hatte sie neugierig gemacht. Ein spitzer Fingernagel schlitzte den Umschlagsfalz auf. Eine Sekunde später hielt die alte Frau mit weit aufgerissenen Augen das Schreiben in der Hand.

Sehr geehrte Frau Kuhlmann sen.,
in der Anlage finden Sie Auszugskopien Ihres DKB-AG-Kontos.
Ich weiß über Beträge, Zeitpunkte markierter Überweisungen an DGM wie Transferursache Bescheid.
Ich bitte um Überweisung von
100.000 Euro
auf das auf Seite 2 genannte Schweizer Nummernkonto bis
30. November 2015.
Sollte das Geld nicht fristgemäß eingehen, übersende ich die Auszüge mit spezifischen Informationen der Münchener Kriminalpolizei, Dezernat: Wirtschaftskriminalität. Es gilt der Zeitpunkt des Zahlungseingangs.

Beste Grüße
AQ

Friderike Kuhlmann schauderte. Hektisch überflog sie eins ums andere Mal die Kontoauszugskopien. Vor ihr lagen zweifellos Originalabschriften.

Die Briefanlagen glitten auf den Schoß.

Trieb in ihrer Hausbank ein Maulwurf sein Unwesen?

Die Greisin verwarf den ersten Gedanken. Der Absender hatte einen Zusammenhang zwischen Zahlungsempfänger und Transferanlass hergestellt. Sein Schreiben schuf ein zusätzliches Problem. Die Witwe wusste weder ein noch aus. Sie kam sich verraten und einsam vor.

**München Maxvorstadt, „Accurata-Versicherung",
16. Oktober 2015, 12:25 Uhr**

Olav Grieb hatte es sich bei seinen beruflichen Lehrmeistern abgeschaut. Solide Ausbildungen legten die Grundlage für alle steilen Karrieren. Ohne Ausnahme hatten seine ehemaligen Chefs mindestens einen einflussreichen Mentor gefunden.

Der Bereichsleiter glaubte weder an Schicksal noch Zufall. Seit Beginn seiner beruflichen Tätigkeit strickte er hartnäckig an einem breiten Beziehungsnetzwerk. Ohne Ausnahme begannen seine Bürotage um Schlag acht Uhr. Niemals verließ der Versicherungsmanager nach mindestens zehn Stunden den Arbeitsplatz. Fast immer schleppte er übers Wochenende Aktenberge nach Hause.

Sein Vorbild hieß Doktor Brikowski. Der Sohn schlesischer Kriegsflüchtlinge hatte eine Ausbildung zum Kaufmann der Versicherungswirtschaft in der „Accurata" absolviert und es bis zum Vorstandsvorsitzenden im siebtgrößten Assekuranzunternehmen der Republik gebracht. Neben dem Ostwestfalen arbeiteten im Leitungsgremium des Versicherungsvereins auf Gegenseitigkeit vier ehrgeizige Männer unter Fünfzig. Der CEO befand sich an der Pensionsgrenze und beanspruchte den Posten des Aufsichtsratsvorsitzenden. So meldete es der Flurfunk beharrlich seit Jahren.

Vom Management direkt ins Kontrollgremium zu wechseln war Usus in der mittelständischen deutschen Versicherungswirtschaft. Die ausnahmslos männlichen Lenker der Assekuranzunternehmen hielten sich allesamt für unersetzlich.

Jeder „Accurata"-Kunde verfügte in der Eigentümerversammlung über genau ein Stimmrecht. Wie bei genossenschaftlich organisierten Banken waren Mehrheiten durch Stimmrechtskumulation ausgeschlossen. Vorstände waren in der Lage, eigene Vorschläge diskussionslos durchsetzen, Kontrolle oder kritische Nachfragen durch mächtige Eigentümer ausgeschlossen.

Olav Grieb fieberte dem Zeitpunkt des Stühlerückens in der Geschäftsführung entgegen. Seit Monaten bereitete er seine Familie auf den freudigen Beförderungstag vor.

Ein Prickeln schob sich den Bereichsleiterrücken hinab. Er tupfte sich mit einem Stofftaschentuch die Stirn trocken.

Am Morgen war der Mittdreißiger ohne flaues Magengefühl aufgewacht und hatte zum ersten Mal seit dutzenden Wochen seine perplexe Ehefrau auf die Lippen geküsst. Unterdessen zwickte es unter dem Bauchnabel erneut.

Der Beteiligungsmanager berichtete dem Vorstand monatlich zur betriebswirtschaftlichen Situation. Die aktuelle Präsentation lag vor ihm. Der Perfektionist wollte auf Nummer sicher gehen und nahm sich vor, die Unterlage final durchzulesen. Am Ende des Tages traute er ausnahmslos sich selbst.

Um 13:00 Uhr würde die Sitzung im Raum „Schwaben" beginnen. Das Gremium erwartete den Bericht zur Renditeentwicklung der Kapitalanlagen. In Zeiten historisch dauerhafter Niedrigzinsen überbrachte ein Referent regelmäßig deprimierende Botschaften. Die Kapitalanlagen warfen Jahr für Jahr weniger ab.

Im September 2014 hatte Olav Grieb den Vorstand überzeugt, das Anlageportfolio zu diversifizieren und um attraktive Opportunitäten zu erweitern. Niedrigrentierliche Bundesanleihen oder Pfandbriefe deutscher Hypothekenbanken genügten längst nicht mehr, um die durchschnittliche Garantieverzinsung zu erwirtschaften.

Nach dem einstimmig positiven Geschäftsführungsbeschluss ging er auf globale Einkaufstour. Der Anlagemanager identifizierte Parkuhrbetreiber in Sao Paolo, schwedische Hoteliers, Tiefgaragenbauer aus Shanghai und deutsche Aquakulturunternehmer. Mitarbeiter erarbeiteten für jede Investitionsalternative eine Vorteilhaftigkeitsrechnung, die den quantitativen wie qualitativen Anlagenutzen transparent machte. Der diplomierte Betriebswirt reichte alle Ausarbeitungen mit einem fundiertem Votum der Unternehmensleitung zur Entscheidung ein.

Seit seinem Karrierestart träumte Olaf Grieb von internationalen Flugreisen, Fünf-Sterne-Hotels, edlen Bars und phantastisch aussehenden Frauen. Endlich konnte er Phantasien umsetzen.

Zaghaft klopfte es an der Tür.

Michael Schnappauf schlüpfte mit schneeweißem Gesicht in den Besprechungsraum. Der hagere Versicherungsangestellte huschte durchs Büro und stoppte, die Hände wie ein Soldat an die Hosennaht haltend, vor der konkav gewölbten Fensterwand.

Olav Grieb schob verärgert den Papierstapel zusammen.

Störungen vor Sitzungen raubten Konzentration. Der Bereichsleiter stierte den Eindringling mit faltiger Stirn an.

„Hast du bitte fünf Minuten?"

„Was willst du? In einer Stunde muss ich dem alten Mann vorsingen, wohin die Hausrendite bis 2020 laufen, oder sagen wir besser, fließen wird. Ich hasse Unterbrechungen. Dir bleiben einhundertachtzig Sekunden. Exakt von jetzt an."

„Verstehe. Ich habe wichtige Nachrichten. Geli hat angerufen."

„Geli?"

„Angelika Kuhlmann, eine Mitarbeiterin aus dem Aktuariat."

„Du arbeitest als Underwriter und versicherst Firmenkundenrisiken. Seit wann kümmerst du dich um Gretchen und Pletchen aus der Privatkundensparte?"

„Diese Frau hat den Kontakt zu „Aquakult" vermittelt."

„Verstehe. Nun ist der Groschen gefallen. Du meinst die Kuhlmann aus der Riester-Truppe. Was ist mit ihr? Antworte im Protokollstil! Meine Zeit ist im Unterschied zu deiner kostbar."

„Ihr Mann hat sich selbst gerichtet. Unsere Kollegin fand ihn heute Morgen im Becken."

Michael Schnappauf schluckte. Der dünne Versicherungsangestellte zupfte an einer grauen, perfekt gebügelten Buntfaltenhose. Sein Kopf glühte mit einem Mal feuerrot.

„Im Becken?"

„Der Arme lag tot im Bassin seiner Aquakulturfarm, Pistole in der Hand."

„Versicherungen verweigern bei Selbstmord zu zahlen. Dieser Laden, über den du da plapperst, produziert seit vier Wochen Tag für Tag Negativschlagzeilen. Unsere Beteiligung an der Bude macht weniger als ein Prozent der „Accurata"-Anlagen aus. Ein infinitesimaler Gewinnrückgang des Fischfarminvestments ist irrelevant."

„Der Mann hat sich umgebracht. Er war ein verlässlicher Geschäftspartner, und du philosophierst über Renditeverluste. Was hat einen Menschen dazu getrieben, so hartherzig zu werden?"

„Mich ärgert, dass du deinen Abteilungsleiter vor einer wichtigen Präsentation nervst. Ich muss in die Besprechung. Deine Zeit ist abgelaufen."

Inzwischen glänzte die Gesichtshaut des Sachbearbeiters fettig. Aus hohlen Augen glotzte er den Vorgesetzten an.

Die junge Führungskraft beugte sich über den Papierstapel. Mit einem Fingerschnippen deutete Grieb seinem Mitarbeiter, den Raum zu verlassen.

Die Bürotür schloss.

Dieser Befehlsempfänger ahnte nichts von seiner engen Verbindung zu Angelika Kuhlmann. Der Amtsbruder konnte weder schauspielern noch Informationen aus taktischen Gründen für sich behalten. Glücklicherweise gab es eine Menge willfähriger Mitarbeiter wie Michael Schnappauf. Deren einzige Funktion bestand darin, Vorgesetzten Karrieren zu ermöglichen.

Gehässig grinste der Bereichsleiter vor sich hin.

Kuhlmanns Tod durchkreuzte auf den ersten Blick seine Pläne. Es wäre besser gewesen, wenn dieser Kerl weiter die Rolle des innovativen Unternehmers und eloquenten Ökofischzüchters gespielt hätte. Auf der anderen Seite war dessen Ableben von Vorteil. Der Aquafarmer konnte nicht weiter rumschnüffeln und seine Gattin verunsichern.

Olav Grieb konzentrierte sich auf die kommende Besprechung. Er war gezwungen, in der anstehenden Unterredung die Nachricht von Kuhlmanns Tod zu kommunizieren. Hoffentlich hatten die Vorstände bis jetzt nichts über den Selbstmord erfahren. Der Versicherungsmanager verabscheute es zu reagieren.

München, „Ristofisch", 16. Oktober 2015, 12:40 Uhr
Hannes Fiori beobachtete das Verkehrsgeschehen.

Hupende Autos schossen Spur wechselnd auf der nassen Sonnenstraße Richtung Karlsplatz. Eine kleine Menschenschar übersah die rote Fußgängersignalanlage. Der das Tempolimit missachtende graue Kieslaster stoppte. Bremsen quietschten. Die Fahrerkabine des überladenen Lastkraftwagens knickte ein. Wild gestikulierend fluchte der Mercedeschauffeur.

Kopfschüttelnd zog der fünfundsechzigjährige Südländer bodenlange Satinvorhänge zu und dimmte die Beleuchtung.

Nächsten Monat würde es an Geld mangeln. Die Hausbank hatte ihm eine Tilgungsfrist bis zum Jahresultimo gesetzt und gedroht, den Liquiditätshahn zuzudrehen. Seit Wochen verlor der Betrieb täglich zwischen tausend und zweitausendfünfhundert Euro. Sein Vermögen schmolz so rapide wie die von der rotchinesischen Notenbank zur Yuan-Stabilisierung eingesetzten Gold- und Währungsreserven.

Solange die Münchner Lokalpresse diese von ihm unverschuldete Vergiftungsgeschichte in den Schlagzeilen hielt war keine Besserung in Sicht.

Die Woche hatte zumindest eine positive Erkenntnis gebracht. Mehrere Quellen bestätigten unabhängig voneinander, dass die Ware kommenden Dienstag vor Ort sein würde.

Listig lugte der Restaurantbesitzer zur geschlossenen Küchendurchreiche. Der Fünfundsechzigjährige traute niemandem. Fiori hatte jede seiner fünf Lebensabschnittsgefährtinnen über Emotionen im Unklaren gelassen. Sobald die Damen versuchten, ihm Intimitäten zu entlocken, ließ er sich scheiden. Er hasste raffiniert agierende Frauen. Genau genommen hatte er Jahrzehnte hart gearbeitet und wünschte keine komplizierte Partnerin an seiner Seite, die ihn aushorchte, Schwächen identifizierte, rummäkelte und schlussendlich seinen Charakter verändern wollte.

Ihm war gleichgültig, wenn Gäste, Lieferanten oder Banker die unzähligen Auszeichnungen bewunderten, welche er verdientermaßen für grandiose jahrzehntelange Kochkünste verliehen bekommen hatte. Gegen Anbiederungen aller Art war er immun. Ihn befriedigten einzig und allein materielle Dinge wie Spitzenimmobilien, Sportautos, Luxusuhren oder Gold. Vor allem aber erregte es den Unternehmer, einen hohen Geldbetrag auf dem Konto stetig wachsen zu sehen.

Zufrieden strich der Südländer den senfbraunen Strickpullover glatt. Keiner der Protagonisten durchschaute sein Spiel. Er beanspruchte das Geld für sich. Der Wahlmünchener würde es allen zeigen und bald das städtische Restaurantmilieu durcheinanderwirbeln. Niemand konnte ihm das Wasser reichen.

München Maxvorstadt, „Accurata-Versicherung",
16. Oktober 2015, 13:00 Uhr

Vor essenziellen Besprechungen zog sich Wolfgang Brikowski sechzig Minuten zurück. Störungen durch Assistent wie Sekretärin waren untersagt. Der Versicherungslenker legte die schwarz gerahmte PC-Brille zur Seite.

Seinem Wunsch entsprechend stand bei Vorstandszusammenkünften ein Tablett diverser Sushi-Variationen mit einigen Kannen grünem Tee bereit. Als langjähriger ehemaliger Kapitän einer oberbayerischen Amateurfußballmannschaft war er sich über die Bedeutung von Ritualen im Klaren. Zu Beginn seiner ersten Amtszeit murrten Kollegen, weil ihnen die in Chefetagen obligatorischen Kekse wie der Kaffee abgingen. Inzwischen waren alle auf Spur.

Lediglich jener renitente Kollege Gaulandt weigerte sich trotz dezenter Hinweise von Assistent und Sekretärin die neuen Tischgepflogenheiten anzunehmen. Der vor der Pensionsgrenze stehende Querulant schraubte zu Beginn jeder Geschäftsführerzusammenkunft eine acht Jahre lang genutzte blecherne Thermoskanne auf. Nach einem Becher Kaffee pellte dieser Korinthenkacker eine Bierschinkenstulle aus der Aluminiumschale heraus und schlang sie provokant schmatzend alsbald herunter.

Der Vorstandsvorsitzende schnappte mit spitzen Fingern ein Nigiri, tunkte es in die Schale Wasabi, und ließ das rohe Fischstück auf Reis flugs im Mund verschwinden. An der weißen Papierserviette blieben mehrere Reiskörner kleben.

Hoffentlich hatte ihn niemand beobachtet. Verstohlen blickte Brikowski zur Tür. Für einen Moment überlegte er, beim nächsten Soloessen den Bürozugang zu versperren, um zu verhindern, gestört zu werden.

Der Versicherungsmanager steuerte das Unternehmen leidenschaftlich gern. Jeden Montag spuckte das Reporting Vorwochenergebnisse aus, die sich der CEO am Abend zu Hause bei einem Glas Rotwein zu Gemüte führte. Am Folgetag motivierte oder malträtierte er seine Kollegen. Der Gesamtvorstand diskutierte die Anregungen des Unternehmenslenkers und traf Beschlüsse. In Pattsituationen gab das Vorsitzendenvotum den Ausschlag. Über Führungsprozesse verteilten sich die Geschäftsführungsabmachungen kaskadenförmig im Unternehmen. Alles und jeden im Griff zu haben, verschaffte Wolfgang Brikowski Genugtuung. Neumodische Managementansätze wie Führen von unten oder hierarchiefreies Arbeiten lehnte der CEO vehement ab.

Er erinnerte sich, ein weiteres Nigiri kauend, an ein merkwürdiges Vorabendgespräch. Gegen zweiundzwanzig Uhr entspannte der Versicherungschef vor dem offenen Kamin und genoss Mozarts Fünfte.

Plötzlich schneite seine Frau in den Salon. Schnippisch erinnerte sie ihn zum wiederholten Mal in diesem Jahr an die Erbherkunft ihrer Bogenhauser Dreizehnzimmervilla. Auf der Stelle war ihm bewusst, dass seine Gattin erneut eine Gegenleistung für das Wohnrecht erwartete.

Der „Accurata"-Manager verdrängte die Erinnerung an den unbefriedigenden Dialog.

Vor jeder wichtigen Sitzung stimmte er Agenda und maßgebliche Botschaften mit dem Beteiligungsmanager ab. Heute stand die Renditesituation der Vermögensanlagen auf der Tagesordnung. Das Thema bot eine Steilvorlage, diesen arroganten, stets mit untertassengroßen Achselschweißflecken umherschwirrenden Karrieristen einige Fragen zu stellen.

Es klopfte an der Tür.

Der Bereichsleiter reichte die feuchte Hand über den Schreibtisch.

Wolfgang Brikowski schüttelte, auf Fischtablett und Teekannen zeigend, den Kopf.

Mit rosafarbigem Gesicht nickte sein Untergebener. Ein säuerlicher

Geruch verbreitete sich im Büro. Olav Grieb hielt die Hand vors gesenkte Haupt.

„Ich halte es mit Donald Trump. Dieses Genie macht sich nie die Hände schmutzig. Kippen Sie das Fenster bevor Sie anfangen. Es stinkt gewaltig."

Der Beteiligungsmanager nickte. Im vorauseilenden Gehorsam hatte er sechzig Minuten zuvor unter strenger Aufsicht von Brikowskis Sekretärin den Beamer angeschlossen und die Powerpointdatei geladen. Schlotternd tippte er den Code ein. Die Tastatur benetzte ein klebriger Film.

Mit aufgerissenen Augen schaute der Angestellte auf. Ein buntes Bild mit Zahlen in Tabellen, Graphen oder Säulen baute sich an der Wand auf.

„Es geht um die Spartenrentabilität am Monatsultimo und den Ausblick bis Ende 2017. Ich möchte auf die schwache Verzinsung unserer Kapitalanlagen hinweisen. Konzernweit stehen wir bei 4,05 %. Das sind fünfzehn Basispunkte weniger als im Vergleichszeitraum des Vorjahres."

„Möchten Sie hinweisen oder weisen Sie hin? Sprechen Sie laut und klar!"

Der Versicherungschef kippte das Fenster. Sekundenbruchteile später griff sich Wolfgang Brikowski das dritte Stück Sushi. Schmatzend betrachtete er die laubfreien Baumkronen im Englischen Garten."

„Entschuldigung, Herr Doktor. Ich weise darauf hin. Im Übrigen erzielen die Beteiligungen in der Summe keine positive Grenzrendite."

„Was heißt das, Grenzrendite? Ich bin Generalist. Ein simpel gestrickter Jurist wünscht sich trotz Summa-cum-laude-Promotionen in Wirtschaftswissenschaften, Jurisprudenz wie Soziologie Erklärungen, die selbst einfach gestrickte Menschen verstehen. Verschonen Sie mich mit Fachkauderwelsch."

Der CEO straffte seinen Oberkörper. Wolfgang Brikowski lachte aus vollem Hals. Schlackernde Mitarbeiterhände und fistelige Stimmen belustigten ihn.

„Im September 2015 ist die bis dato aufgelaufene Summe der Abschreibungen aus erworbenen Beteiligungen und laufenden Personal- und Sachkosten über den Beteiligungserträgen gelegen. Wir haben zum Beispiel eine in Sao Paolo Parkuhren betreibende Gesellschaft zu teuer erworben. Die Anlage wird sich erst in vier Jahren amortisiert haben. Überdies gibt's ein weiteres Problem."

„Dieses Wort fehlt im Wortschatz eines Ökonomieprofis. Benennen Sie Herausforderungen einzig und allein dann, wenn Sie effiziente Lösungen hinterherschieben und einen praktikablen Umsetzungsplan im Tornister tragen."

„Anfang 2012 haben wir in eine Münchner Fischzucht Geld reingesteckt. Unsere Investor Relations Abteilung vermarktete die Geschichte erstklassig. Journalisten der angesehensten Magazine und sämtliche relevanten Wirtschaftszeitschriften haben die Anlage in höchsten Tönen gelobt. Sie entsinnen sich mit Sicherheit. Ihr geniales Gedächtnis lässt Sie nie im Stich."

„Wollen Sie sich anbiedern? Wie lautet Ihre Botschaft?"

„Der Eigentümer von „Aquakult" ist heute Morgen leblos aufgefunden worden. Wir wissen nicht, wie der Arme zu Tode kam."

Olav Grieb fixierte einen winzigen Schmutzfleck auf dem Boden. Seine Stirn war von unzähligen Schweißpunkten übersät. Augenblicklich wünschte er sich tausende Kilometer entfernt.

Wolfgang Brikowski strich sich über die blank polierte Glatze. Der marineblaue Maßanzug des Vorstandsvorsitzenden hatte seit Gesprächsbeginn in der Taille eine Knitterfalte gekommen. Langsam schob der Versicherungschef den schweren Ledersessel zurück und richtete sich auf.

Der Bereichsleiter wich vor der massigen CEO-Gestalt zurück.

„Das ist tragisch. Mit welchen Konsequenzen für unser Haus rechnen Sie?"

„Die Folgen sind nicht abschätzbar. Bislang fehlen Fakten."

„Sie gehen in eine Besprechung mit Ihrem obersten Boss ohne gesicherte Hinweise über einen Sachverhalt, der unserer Versicherung schaden könnte. Das ist unprofessionell und inakzeptabel. Ich verspreche mir Lösungen. Negativpresse am Frühstückstisch führt zu mieser Laune. Der Stabs–Maier soll die Besprechung absagen. Fragen Sie ihn, wie wir mit dem prekären Thema kommunikativ umzugehen haben. Diesem intelligenten Bürschlein fällt immer eine Lösung ein, wenn es eng wird. Nehmen Sie sich den couragierten Kollegen als Vorbild.

Im Übrigen deprimiert mich, was Sie zur Renditeentwicklung vorgetragen haben. Ich vermisse Aufbruchsstimmung. Kommende Woche präsentieren Sie eine modifizierte Unterlage. Ich verspreche mir von Ihnen detailliert ausgearbeitete Maßnahmenpakete, wie sich die Renditesituation bis 2018 signifikant verbessern lässt. Beschaffen Sie Fakten über diesen Toten. Wie heißt der Mann?"

„Friedrich Kuhlmann."

Brikowski versank im knarzenden Sessel. Kopfschüttelnd schlug er eine schwarze Ledermappe auf.

Wie ein angeschossenes Wildtier humpelte der Beteiligungscontroller zur Tür. Olav Griebs Kopf leuchtete feuerrot.

„Diese Namensgleichheit ist kein Zufall. Beim nächsten Mal berichten Sie mir über Ihr Verhältnis zu Kuhlmanns Frau. Ich gehe davon aus, Ihnen sind Vor- und Zuname der Dame geläufig."

Der Vorstandsvorsitzende beugte sich, einen Montblanc Füller in der Hand haltend, über das Protokoll der letzten Aufsichtsratssitzung.

Das Türschloss schnappte ein.

Wolfgang Brikowski spuckte auf die Hose und strich die Taillenfalte glatt.

Dieser Mann hatte kapiert, um was es ging.

Am Abend würde er Anneliese um Geduld bitten.

Karlsfeld, Fischzuchtbetrieb „Aquakult", 16. Oktober 2015, 14:30 Uhr
Alle Wohnzimmerheizkörper glühten. Das Raumthermometer zeigte vierundzwanzig Grad.

Jenifer Kuhlmann plumpste mit schneeweißem Gesicht erschöpft auf die einzig freie Sitzmöglichkeit. Ihr Freund lehnte am Ledersessel. Der Lateinamerikaner legte die Hand auf den Polsternacken.

In der Mittagspause hatte er einen Lilienstrauß beim Erdinger Stammblumenhändler gekauft. Dutzende rotblau gesprenkelte Blüten spendeten süßlichen Duft. Der Brasilianer hoffte, die Stimmung seiner Partnerin aufzuhellen. Zur Sicherheit hatte er sich bei Doktor Müller vier Packungen Schlafmittel besorgt.

„Guten Morgen. Wohlig warm ist es bei Ihnen."

Gregor Klar legte die gefütterte Übergangsjacke ab. Der Hauptkommissar öffnete alle Knöpfe seiner tiefschwarzen Lieblingsstrickweste. Erleichtert registrierte er, wie sauber das Zimmer gereinigt war. Die Gefahr, sich hier gesundheitsgefährdende Schmutzbakterien einzufangen, war glücklicherweise gering.

Die grauhaarige Frau mit Dutt saß in schwarzer Hose und weißem T-Shirt hinter dem Schreibtisch. An ihrem Hals baumelte eine schlichte goldschimmernde Kreuzkette.

Trotz Gesichtsblässe und Alter fiel die aparte Erscheinung Friderike Kuhlmanns ins Auge.

Der Polizist schätzte die Frau auf siebzig plus. Er konnte sich nicht erinnern, jemals eine sportlichere Seniorin gesehen zu haben. Vor ihr stand ein aufgeklapptes Notebook.

Der Polizeibeamte tippelte vor. Gregor Klar mühte sich vergeblich, den Bildschirmtext zu lesen. Plötzlich stutzte er. Die verdreckten Gummistiefel passten keinesfalls zu dem adretten Erscheinungsbild der alten Dame.

„Guten Tag. Verzeihen Sie bitte meinen Aufzug. Ich bin bei den Steinbutten gewesen. In dieser Fischhalle hat meine Schwiegertochter Fritz leblos aufgefunden. Warum musste gerade uns eine solch tragische Geschichte heimsuchen? Gott möge meinem Sohn verzeihen, was er sich angetan hat."

Friderike Kuhlmann klappte den Laptop zu.

Stumm deutete sie auf die gegenüber gebeugt am Tisch sitzende Witwe.

Der Kripomann registrierte eine Spur Verächtlichkeit im Ausdruck der Seniorin.

Angelika Kuhlmann hielt leise schluchzend beide Hände vors Gesicht.

Der Hauptkommissar taxierte von hinten ihre sportliche Figur. Trotz des traurigen Anlasses verspürte er einen steigenden Testosteronspiegel. Gregor Klar wünschte sich, unverzüglich sexuell tätig zu werden.

Röte kroch den Hals des Neunundvierzigjährigen hoch. Verlegen zupfte er einige Hundefussel vom Schal.

Obwohl der Wahlmünchner mit schwäbischen Wurzeln seit kurzem wieder liiert war, begehrte er diese attraktive Zeugin. Seit der Zeit an der Polizeiakademie lebte der Kriminalbeamte polygam. Allerdings trennte er strikt Privatleben und Berufswelt. Gerüchte über Büroaffären schadeten der Karriere. Der Beamte hatte noch nie Beziehungen mit Zeuginnen oder Kolleginnen geführt.

Für einen Moment fragte er sich, ob ein gestandener Mann Regeln für ein amouröses Abenteuer brechen durfte. Eine Sekunde später verwarf der Polizist den verlockenden Gedanken, sich mit einer Frau aus dem beruflichen Umfeld sexuell einzulassen. Am Morgen danach würde er nicht um alles in der Welt in den Spiegel schauen können ohne sich zu schämen.

Gregor Klar stieß einen tiefen Seufzer aus.

Der Polizist erinnerte sich an ein knappes Dutzend gescheiterter Liebesbeziehungen. Sämtliche Lebensabschnittsgefährtinnen nahmen ihn als wankelmütig wahr, nachdem sie ihn besser kennengelernt hatten. Wenn es kriselte, gab der Hauptkommissar beim geringsten Anlass auf. Er lechzte nach Eintracht und stritt erbärmlich. Der Neunundvierzigjährige beschimpfte in Auseinandersetzungen, sobald er den Kürzeren zu ziehen drohte oder ihm die Argumente ausgingen.

Postwendend verließen ihn die brüskierten Partnerinnen.

Wolfgang Loiperdinger lebte simpler. Der passionierte Single machte in Bars, Discos oder Kneipen Frauen unter dreißig an und nahm sie nach Hause mit, vorausgesetzt sie gefielen ihm.

Dieser geschwätzige Fraschning aus dem Drogendezernat petzte ihm regelmäßig die Kollegengeschichten mit neidgrünem Schädel. Woher der fiese Möpp diese intimen Informationen hatte, war bisher unklar geblieben.

„Wieso hat mein Mann mir das angetan? Er wollte vorm Wochenende die Aalbecken reinigen. Am Morgen lag er mit der Pistole in der Hand auf dem Beckengrund. Grauenvoll."

„Glauben Sie mir. Es tut mir sehr leid. Unsere erfahrenen Gerichtsmediziner untersuchen die Leiche Ihres Gatten. Morgen werden wir die Todesursache kennen. Wo war Ihr Mann gestern Abend?"

„Was gibt es zu ergründen? Lassen Sie uns einfach in Ruhe trauern."

Die geröteten Augen des jungen Lateinamerikaners blitzten. Felipe Gonzalez' Haut glänzte.

Angelika Kuhlmann lehnte sich zurück. Der Hauptkommissar blickte in ein verweintes Gesicht. Zumindest schien ihre Erregung nachgelassen zu haben.

„Lass gut sein, Felipe. Mein Mann ist gestern nicht heimgekommen. Ich habe ihn zehnmal auf dem Handy angerufen. Dauernd sprang die

Mailbox an. Fritz wollte in der Stadt einen Spezi besuchen. Hannes Fiori betreibt das beste Restaurant Münchens. Mein Mann hatte vor, bei ihm zu übernachten. Sein Kumpel hält seit fünf Jahren im dritten Stock Zimmer bereit. Gäste dürfen das Quartier beziehen, sofern sie einen über den Durst getrunken haben. Die Räume werden selten genutzt. U-Bahnstation Sendlinger Tor, Tramlinien und Taxistände befinden sich vor der Tür. Betrunkene möchten im eigenen Bett schlafen."

Seit Befragungsbeginn stand Friderike Kuhlmann dicht hinter dem Schreibtisch. Mit geschlossenen Augen hatte sie den Ausführungen ihrer Schwiegertochter gelauscht.

„Herr Fiori ist einer der besten Kunden meines Sohnes. Seine geschätzten Gäste wertachten Steinbutt, sei es in der Bouillabaisse, im Ganzen oder als Filet. Unsre Warenqualität ist erstklassig. „Aquakult" hat über fünfzig nationale und internationale Auszeichnungen gewonnen."

Den Kriminologen beschämten die kaltschnäuzig vorgetragenen Sätze der Greisin. Sie sprach mit regungslosen Gesichtszügen. Andere trauerten konventioneller.

Angelika Kuhlmann schnäuzte ins Taschentuch. Sie schien etwas anmerken zu wollen. Für den Bruchteil einer Sekunde traf ihr Blick den von Felipe Gonzalez.

Der Hauptkommissar registrierte einen flehenden Ausdruck im Gesicht der Fünfzigjährigen.

Der Lateinamerikaner tat so, als hätte es keinen Augenkontakt gegeben. Sanft strich der Beau über den Rücken seiner Partnerin.

„Wann haben Sie Ihren Mann zum letzten Mal gesehen?"

„Gegen 16:00 Uhr."

„Mein Kind züchtet europäischen Aal und Steinbutt, die es an Lokale bis in die USA verkauft. Reiche Amerikaner in New York, Boston oder Philadelphia schätzen unseren Fisch. Die Tiere werden in riesigen, motorisch angetriebenen Käfigen von Wilhelmshaven nach

Amerika transportiert. Sie schwimmen in Netzen über den atlantischen Ozean. Das Bundesministerium für Forschung und Entwicklung subventioniert das Projekt."

Hasserfüllt stierte die Patronin ihre Schwiegertochter an. Friderike Kuhlmanns Gesicht glich einer Totenmaske.

Der Hauptkommissar überwand seine Technikallergie und klappte das Notebook auf. Auf ihn prasselten zu viele Details ein. Er war gezwungen, sämtliche Hinweise elektronisch festzuhalten.

„Mein verblichener Mann, Gott habe ihn selig, hat 1964 die erste bayerische Fischzucht gegründet. Unter der Alleingeschäftsführung meines Sohnes stieg der Umsatz unseres Musterbetriebs seit 2005 um das Sechsfache. Fritz ist seit Jugendzeiten unternehmerisch tätig. Ein Entrepeneur wie sich ihn jeder wünscht, sozial verantwortlich und doch zielstrebig, wenn es um Geschäfte geht."

Friderike Kuhlmann pries ihren toten Sohn im Präsens an. Der Hauptkommissar disziplinierte seine Zunge, obwohl ihn der belehrende Plapperton dieser bigotten Alten kolossal nervte. Er ließ die Mutter des Toten in der Hoffnung weiterreden, sie würde weitere fallrelevante Informationen preisgeben.

Doch mit einem Mal schwieg die Seniorin. Eklige Spuckfäden baumelten aus dem Mund.

Wenige Sekunden war lediglich das Ticken einer im Zimmereck handwerklich perfekt verbauten Standuhr zu hören.

Der Münchner Kriminalbeamte wandte sich zur Seite.

„Wussten Sie von Feinden Ihres Gatten?"

Angelika Kuhlmanns aufgerissene Augen waren auf den Kripomann gerichtet. Ihre Hand schlug krachend auf den Tisch.

„Sie machen mich wütend. Warum provozieren Sie uns? Mein Mann hat sich umgebracht!"

„Entschuldigung! Ich wollte Sie mit meiner Frage nicht verletzen. Es ist unsere Pflicht herausfinden, wer Ihrem verstorbenen Mann theoretisch hätte schaden können. Reine Routine."

Gregor Klar schluckte. Ihn irritierten die feindselige Stimmung im Raum und die impulsiv reagierende Ehefrau des Toten. Einen Wutausbruch hätte er der Witwe niemals zugetraut. Für die erste Befragung hatte der Kripomann genug erfahren. Es war zielführender, die Angehörigen in Ruhe trauern zu lassen, anstatt sie weiter zu vernehmen.

Im Augenwinkel nahm der Hauptkommissar eine Bewegung am Fenster wahr. Sein Kollege gab ihm hinter der Glasscheibe hektische Handzeichen.

„Die Leiche wird am Nachmittag von einem Bestatter abgeholt. Sie dürfen sich selbstverständlich von Ihrem Mann verabschieden, nachdem ihn die Ärzte obduziert haben. Er ist im gerichtsmedizinischen Institut der Uniklinik aufbewahrt. Ich melde mich wegen Termindetails."

Der Einsatzleiter klemmte den Laptop unter die Achsel und zog hastig seine Jacke über. Beim Hinausgehen fixierte Gregor Klar die Mitte zwischen Friderike Kuhlmanns Brauen. Diese Verabschiedungstechnik setzte der Kripomann bei unsympathischen Zeugen ein. Die Befragten nahmen an, ihr Gegenüber würde ihnen direkt in die Augen schauen.

Es war empfindlich kühl geworden.

Der Einsatzleiter stierte auf den schwarzen Kunstpelzkragen von Wolfgang Loiperdingers neuem Wintermantel. Nach zwanzig Dienstjahren schien der Kollege die Kleiderregeln im stilbewussten München endlich verinnerlicht zu haben. Vermutlich hatte die Teamassistentin mit dem Modemuffel Tacheles geredet. Ein Schmunzeln huschte über sein Gesicht. Morgen würde er sich bei Annette Dirolf bezüglich des Sinneswandels des Kollegen erkundigen.

Autofahrt Karlsfeld–München, 16. Oktober 2015, 15:40 Uhr
Rüdiger Rattelsberger versank in der ledernen Rücksitzbank. Schwer atmend klappte er den Laptopbildschirm auf seinem Schoß hoch. Die

Finger des berufserfahrenen Gerichtsmediziners zuckten. Nach mehreren Fehlversuchen hatte er den achtstelligen Entschlüsselungscode korrekt eingegeben.

Wolfgang Loiperdinger drückte aufs Gaspedal. Der BMW schoss mit durchdrehenden Reifen vor. In den Rückspiegel grienend schaltete der Kommissar in den niedrigeren Gang. Der Sechszylinder heulte auf.

Die buschigen Augenbrauen des Beifahrers zogen nach oben. Gregor Klar umklammerte zum Dachhimmel blickend den am Fahrzeugdach montierten Kunststoffgriff. Aus den Augenwinkeln nahm er erschreckt zunehmend schneller vorbeifliegende Leitplanken wahr.

Mit einem Papiertaschentuch wischte der Gerichtsmediziner Wassertropfen von den Backen.

„Unser Mann hat sich keinesfalls selbst getötet. Auf Kuhlmanns Handrücken fehlen Schmauchspuren. Außerdem hielt unser Opfer eine Pistole locker in der linken. Jemand schoss ihm in die Schläfe und legte die Waffe in die falsche Faust."

„Falsche Faust, was für ein lustiger Ausdruck. Richtig komisch heute, unser Doktor."

„Das Mordopfer war Rechtshänder. Wir haben Kuhlmanns Frau befragt. Haben Sie sich mal zum Spaß mit Ihrer schwachen Hand eine Pistole an die Schläfe gedrückt?"

„Ich pflege gefahrlosere Hobbys. Können Sie Ihre Ausführungen ein wenig konkretisieren bitte?"

„Ist doch logisch. Ein Mensch, der alle Griffe mit seiner Rechten erledigt, erschießt sich nicht mit der linken Patsche. Übrigens haben wir am Leichenfundort kein Blut gefunden. Meine Mitarbeiter konnten am Hinterkopf drei Hämatome identifizieren. Die Kriminaltechniker fanden Schleifspuren in der Halle. Diese verlieren sich wegen des Dauerregens der letzten Tage auf dem Betonboden. Meine DNA-Analyse wird folgen. Ich mache mich in einer Stunde im gerichtsmedizinischem Institut an die Arbeit. Der Mord wurde gestern zwischen

20:00 und 00:00 Uhr verübt. Sie halten meinen Bericht morgen in den Händen. Dann wissen wir mit hinreichender Wahrscheinlichkeit final, wodurch die vier Blutergüsse verursacht wurden. Aus jetziger Sicht tötete der Mörder Kuhlmann durch mehrere Schläge. Dann hat er dem Kerl eine Kugel in die linke Schläfe gejagt und ihn in die Halle geschleppt, vermutlich um uns auf eine falsche Fährte zu locken."

Der Gerichtsmediziner öffnete vom Redefluss ermattet eine Wasserflasche und nahm einen kräftigen Schluck.

Der Tacho des BMW zeigte hundertdreißig Stundenkilometer. Gregor Klar wischte schweißnasse Hände an seiner Bluejeans trocken. Die kreidebleiche Stirnseite des Hauptkommissars glich dem Antlitz eines Magenkranken im fortgeschrittenen Stadium. Er beschloss, abends alle Kleidungsstücke bei sechzig Grad dreimal zu waschen.

Wolfgang Loiperdinger nahm den Fuß vom Gaspedal. Der silberne Dienstfünfer kam auf dem Kiesstreifen zum Stehen. Eine dichte Staubwolke zog Richtung Allacher Forst.

Der Hauptkommissar definierte die nächsten Schritte.

Als Erstes würden die Beamten die Verwandten des Toten vernehmen. Danach kämen Geschäftspartner und enge Mitarbeiter dran. Doktor Schulte musste sich gedulden. Er würde dem Oberstaatsanwalt am späten Abend, wenn dieser mit Sicherheit weintrunken im Bett lag, eine plausible Ausrede auf Mailbox quatschen, warum der morgige Bericht ausbleiben würde.

München, Maxburgstraße, 19. Oktober 2015, 8:00 Uhr

Alle fallrelevanten Presseberichte von September bis heute lagen auf dem Schreibtisch. Annette Dirolf hatte eine Nachtschicht eingelegt.

Der Hauptkommissar schnupperte am Kaffee. Vorsichtig nahm er einen Schluck. Gregor Klar zuckte zurück. Seine Lippen brannten.

Erst jetzt bemerkte er eine auf dem an den Laptopbildschirmrand geklebte post it-Nachricht.

„Komme wegen Zahnarztbesuch erst um zehn zum Dienst. Lies bitte die spannenden Berichte über Kuhlmann und „Ristofisch". Habe mit dem Restaurantchef Termin vereinbart. Ort wie Zeit findest du in Outlook. Bis nachher, beste Grüße. Annette. PS: Wolfgang kommt verspätet ins Büro."

Seine Mitarbeiterin war ein Schatz.

Schmunzelnd öffnete der Hauptkommissar den elektronischen Kalender. Er plante, die Dreißigjährige nächstes Jahr aus ihrer Assistentenfunktion in eine Ermittlerrolle zu entwickeln. Sekretariatsaufgaben unterforderten die ehrgeizige Frau und verschwendeten deren Potenzial. Der Hauptkommissar strebte an, jahreslanges überdurchschnittliches Engagement der Rosenheimerin zu belohnen. Trotz knapper Budgets war er bereit, für die neue Stelle wie ein Löwe zu kämpfen. Eine weibliche Ermittlerin im Team würde Loiperdinger Dampf machen. Das Lotterleben des Kollegen war ihm seit längerer Zeit ein Dorn im Auge. Sein Vorhaben würde er mit Doktor Schulte erörtern.

Gregor Klars Zeigefinger hackten eine Erinnerungsnotiz für die nächste Besprechung mit dem Oberstaatsanwalt in die Tastatur. Nach drei Fehlversuchen wechselte er in die Tagesansicht.

„9:30 Uhr, Hannes Fiori, Geschäftsführer „Ristofisch", Sonnenstraße 43, 80331 München. Telefon: 089-7754650. Termin mit Herrn Fiori direkt vereinbart, 18. Oktober 2015, 19:30 Uhr, AD."

Die Miene des Kriminologen hellte auf. Das würde ein kurzer Fußmarsch werden. Ihm blieben sechzig Minuten, um sich vorzubereiten. Widerwillig starrte er auf die dicke Pressemappe. Mit dem Daumen rubbelte er einen kaum sichtbaren Schmutzfleck weg.

„Sandra Hochberger im 48-Stunden-Koma-Familie des Bayern Star-Herzblatts verklagt Sternerestaurantbetreiber! Münchner Staranwalt Ralf Dossi empört."

„Skandallokal am Sendlinger Tor-Lebensmittelkontrolldienst

schließt „Ristofisch"!"

Der Hauptkommissar las beide Artikel gründlich durch. Anschließend überflog er die meisten Beiträge oder registrierte nur deren Überschriften. Der Tenor war überall gleich. Wahrscheinlich schrieben die Redakteure voneinander ab.

Der Notarzt lieferte das Herzblatt eines Bayernkickers nach einem Lokalbesuch vor fast fünf Wochen mit Verdacht auf schwere Vergiftung ins Spital ein. Sandra Hochberger lag achtundvierzig Stunden im Koma. Seitdem behandelten Ärzte der Nussbaumklinik das stadtbekannte Fotomodell.

Gregor Klar sah aus dem Fenster.

Draußen tobte ein Sturm. Äste und Laub wirbelten durch die Luft. Dicke Regentropfen klatschten ans Bürofenster.

Der Kripomann entschied, die U-Bahn zu nutzen.

Die Rhodesian Ridgeback-Hündin rollte sich grunzend auf dem Kissen ein. Zita genoss es, ihr Fell am Gussheizkörper zu wärmen.

Der Hauptkommissar knöpfte den Mantel zu und band den Burberryschal. Lächelnd dachte er an Jessica. Seine Freundin hatte ihm gestern den einfachen Windsorknoten beigebracht.

Karlsfeld, Fischzuchtbetrieb „Aquakult", 19. Oktober 2015, 9:00 Uhr
Friderike Kuhlmann saß im Wohnzimmer vorm aufgeklappten Notebook.

Glückstrahlend las die Seniorin Displaywerte des um ihren Hals hängenden Schrittzählers. Heute war sie bereits zwölftausend Schritte gelaufen. Bei angenommenen achtundvierzig Zentimeter Schrittlänge und fünfeinhalb Stundenkilometer hatte die rüstige Frau knapp hundertsiebzig Kilojoule Kalorien verbraucht.

Sie tippte den Wert in die Tastatur und blickte gespannt auf die aktualisierte Excel-Tabelle. Ihre Gesichtshaut war von einem rosaroten Schleier überzogen.

Der Computerbildschirm rastete in die Normalstellung ein. Friderike Kuhlmann erinnerte sich an den siebenundsiebzigsten Geburtstag vor acht Monaten.

Einige Präsente hatten sie anfangs beschämt. Die alte Frau bekam diverse ein bis drei Kilo Hanteln, Therabänder in fünf Längenvariationen, Übungsbälle unterschiedlicher Materialien wie Größen und Farben, weiterhin Gutscheine für Probetrainings in vier Fitnessstudios der Stadt. Ihr Sohn schenkte Software zur optimalen Fernsteuerung von Digitalkameras.

Die Sportlerin grübelte einen Monat, ob die Gratulantenschar es ehrlich meinte oder sich einen Spaß auf ihre Kosten erhoffte. Die Geburtstagsgaben passten für eine Dreißig- oder Vierzigjährige, aber ganz und gar nicht für eine Seniorin.

Ein Gespräch mit Anneliese Brikowski verscheuchte den Argwohn. Die beste Freundin hatte es klar formuliert. Alle weiblichen Glückwünschenden beneideten die durchtrainierte Seniorin um ihre Figur und begehrten insgeheim deren körperliche Leistungsfähigkeit.

Friderike Kuhlmanns Augenbrauen zogen hoch.

Holz schliff auf Parkett.

Ihre Enkelin schlurfte mit in der Trainingshose versteckten Händen ins Zimmer. Erschöpft sank die junge Frau in den Stuhl. Ungepflegte Haare hingen im fahlen Gesicht.

Seit einer Woche schwänzte die Auszubildende zur Mediengestalterin die Berufsschule. Dreiviertel des Tages verbrachte Jenifer Kuhlmann apathisch im Bett. Bislang hatte ihr Mut gefehlt, Oma wegen der kompromittierenden Fotos anzusprechen. Die Angst, die Wahrheit ertragen zu müssen, schien zu sehr am Innersten zu nagen.

„Marta und ich haben im Mai eine Kubarundreise gemacht. Magst du die Bilder sehen?"

„Mir geht's schlecht."

Die Seniorin überging die Anmerkung ihrer Enkelin. Augenblicklich drückte Friderike Kuhlmann den grünen Fernbedienungsknopf. Der elektrisch gesteuerte Standfuß bewegte den Fernsehbildschirm summend in die Wunschposition. Wenige Momente später zeigte sich ein erstes scharfes Farbbild.

Die junge Frau beugte sich, in die Schale mit den Gummibärchen grapschend, vor. Jenifer Kuhlmanns Hände zitterten.

Ihre Großmutter starrte auf blutig gebissene Fingernagelreste. In einem Zug leerte sie das Wasserglas.

„Dies eingerüstete Gebäude ist das kubanische Kapitol. Gerardo Machado ließ es wenige Zentimeter höher als das Washingtoner Vorbild bauen. Auf dem anderen Foto siehst du die Floridita. Ernest Hemingway hat Unmengen Cocktails in seiner Lieblingsbar genossen. Er war nie ohne weibliche Begleitung."

„Was für ein tolles Wetter! Der wolkenlose Himmel hinter der hohen Mauer leuchtet phantastisch blau."

„Das ist der Malecón. Weißt du, warum die Kubaner dieses Bollwerk gebaut haben?"

Die junge Frau schüttelte den Kopf. Jenifer Kuhlmann strich sich durch ihre fettige Frisur.

„Steinerne Ufermauern sollen Städte vor Überschwemmungen schützen. Das karibische Meer ist oft aufgewühlt, vor allem wenn sich im Herbst Hurrikans austoben."

„Die Straßen und Häuser sehen kaputt aus."

„Stimmt. Dafür sind kubanische Männer betörend und sexy. Ich habe eine Schwäche für den proletenhaften Machismos dieser karibischen Prachtkerle. Wie gefällt dir Jean, unser einheimischer Reiseführer? Das ist der vierundzwanzigjährige süße Knopf mit den schwarzen Wuschelhaaren rechts von mir."

Erneut drückte die Seniorin den Fernbedienungsknopf. Eine weitere Aufnahme erschien. Die Lippen der alten Frau umspielte ein fieses

Lächeln.

Jenifer Kuhlmann schrie.

Obwohl die Seniorin die Reaktion vorhergesehen hatte, zuckte sie zusammen. Ihre Hände vibrierten. Unverzüglich klappte sie den Laptop zu.

Der nachhaltige Eindruck eines von der Seite fotografierten, knackigen dunkelhäutigen Männerhinterns blieb ihrer Enkelin erhalten.

Vor Felipe Gonzalez kniete eine weibliche Gestalt. Jemand hatte ihr Kopfprofil durch einen schwarzen Kreis unsichtbar gemacht. Die junge Frau erinnerte sich an das Facebook-Foto, bevor ihr schummrig wurde.

Krachend knallte der mädchenhafte Kopf vornüber auf die Tischplatte.

München, „Ristofisch", 19. Oktober 2015, 9:25 Uhr

Der Münchner Straßenverkehr tobte. Taxichauffeure kämpften mit Autobesitzern, Tram- wie Fahrradfahrern hupend, fluchend und klingelnd um die Vorherrschaft in der bayerischen Landeshauptstadt.

Hauptkommissar Gregor Klar rettete sich mit einem Sprung vor dem auf dem Bürgersteig gegen die Fahrtrichtung rasenden vermummten Radfahrer. Schimpfend streckte der Rowdy seinen handschuhummantelten Mittelfinger in die Höhe.

Der Polizeibeamte blickte auf einen fünfstöckigen Altbau. Die olle Kuhlmann hatte nicht übertrieben. Zahlreiche Plaketten bewiesen es. Dieser Speisetempel war eine Institution im kulinarischen Leben der bayerischen Landeshauptstadt. Der Hauptkommissar zählte vierzig Michelin- sowie Gault Milautaufkleber in der Glasvitrine rechts der Eingangstür.

„Ich nehme an, Hauptkommissar Klar? Treten Sie bitte ein."

„Grüß Gott."

Ein hagerer mittelgroßer Mann in einem dunkelgrauen Maßanzug hielt seine ineinandergelegten Hände ruhig vor den Körper. Dem Polizisten fiel die frische Gesichtshaut des schätzungsweise Sechzigjährigen auf. Der fein lächelnde Restaurantchef erinnerte ihn an den alternden Alain Delon. Klar war sicher, diesen distinguiert wirkenden Mann vor Tagen gesehen zu haben.

Das Gastzimmer machte einen gemütlichen Eindruck. Dunkel gebeiztes Eichenparkett kontrastierte zu antiken Vitrinen und Schränken aus Kirschholz. An den Wänden waren großformatige abstrakte Drucke angebracht. Perfekt vernähte graue Satinvorhänge schützten Gäste vor missliebigen Blicken von außen. Dreifachverglaste Fenster absorbierten sämtliche Straßengeräusche. Kellner hatten zehn rechteckige und vier runde Tische festlich eingedeckt.

Der Südländer bat in den Nebenraum.

Die Männer nahmen am Tisch Platz. Summend öffnete sich die automatische Küchentür. Mit angedeutetem Nicken näherte sich ein weiß beschürzter Kellner.

„Sie tragen einen extravaganten Namen."

„Meine vor vier Jahren verstorbene Mama war geborene Hamburgerin. Daher rührt mein norddeutscher Vorname. Der Vater lebt in Mailand."

„Sie können sich vorstellen, warum ich hier bin."

„Was möchten Sie trinken, Herr Klar?"

„Doppelter Espresso und Wasser, bitte."

„Für mich auch, Guiseppe."

Der dicke Ober kritzelte die Bestellung auf einen Schmierblock. Wortlos rollte er Richtung Küche.

„Fritz und ich waren seit zwölf Jahren befreundet."

„Wo haben Sie sich kennengelernt?"

„Friedrich klapperte 2003 alle renommierten Lokale Münchens ab, pries in Kreislaufanlagen gezüchtete Steinbutte, Aale und Wolfsbarsche an. Ein Jahr später hat er den Branzino aus dem Programm genommen. Sein Preis war wegen eines Überangebots griechischer, italienischer und türkischer Aquafarmen eingebrochen. Südländer produzieren Fische in Meeresnetzgehegen und sparen sich die Wasserreinigung. Ich halte das für eine ungeheuerliche Umweltsauerei. Außerdem degenerieren die im Mittelmeer lebenden Doraden und Wolfsbarsche, weil sich Laich wie Samen von Wildtieren und Zuchtfischen an den Netzen vermischen."

Hannes Fiori strich dichte, graue Haare glatt. Geckenhaft schraubte der Halbitaliener den Kopf nach oben. Mit zusammengekniffenen Augen prüfte er sein Gesichtsprofil im Wandspiegel gegenüber. Aufseufzend lehnte er sich zurück.

„Ich will Sie nicht langweilen. Von Anfang an sind Fritz und ich auf einer Wellenlänge gelegen. Seine Familie stammt wie meine Mama aus dem Norden. Seit dem ersten Besuch hat uns Kuhlmann Zuchtfische geliefert. Ab und zu sind wir in der Allianzarena gewesen, Bayernsiege bejubeln."

Plötzlich stockte der Redefluss des Geschäftsmanns. Hannes Fiori starrte ins Leere. Ein Schweißfilm überzog seine Stirn.

„Wir waren bis zum 13. September befreundet. Am Tag zuvor haben die Bayern Hannover weggeputzt. Thomas Müller traf viermal."

„Ich erinnere mich. Arjen Robben ist im Sechzehnmeterraum der Niedersachsen wie Harry Belafonte in seinen besten Tagen auf der Bühne rumgetanzt. Ein Kantersieg."

„Klaus Maier rauschte nach dem Erfolg mit seinem Schatz in unseren Speisetempel. Dieses Sternchen ist ein bundesweit populäres Fotomodell. Ich finde sie zu dürr. Das Mädchen wiegt maximal fünfzig Kilo."

Diese Münchner Schönheit war Gregor Klar bis heute unbekannt. Der Hauptkommissar suchte falsche Lokationen auf. Fernsehen war ohnehin nicht sein Ding.

„Das Traumpaar hat uns regelmäßig beehrt, falls Dreifachpunktsiege zu feiern waren. Vor allem Edelfischgerichte taten es den beiden an. Wenn montags trainingsfrei war, haben sie das Gourmetmahl mit dem einen oder anderen Glas Sauvignon Blanc aus Venetien runtergespült. Das brachte hohe Umsätze. Am Abend des Dreizehnten ist pochierter Steinbutt mit Herbstgemüse und Mangoldrisotto auf der Karte gestanden. Friedrich Kuhlmann lieferte den Plattfisch."

„Herbstgemüse?"

„Ich merke, Sie essen lieber als zu kochen. Darunter verstehen Gourmets alle Kohlsorten. Blanchiert oder gedämpft sind Weiß- oder Rotkohl schmackhafte, kalorienarme Fischbeilagen. Bis zum Hauptgang ist alles fein gewesen. Die Herrschaften haben geschäumte Kürbiscremesuppe mit gerösteten Croutons geordert."

Der Gastronom wischte sich über die Augen. Gregor Klar hatte die tiefen Tränensäcke des Halbitalieners bisher übersehen.

„Due espressi, l' aqua per favor!"

Der korpulente Kellner servierte die Getränke. Nach knappem Gruß humpelte er schwer atmend zum Ausgang.

„Ich habe den Hauptgang aufgetischt. Der Fisch war kontaminiert. Das Gift hat im Körper der schmächtigen Frau eine allergische Reaktion ausgelöst. Die Arme fiel ohnmächtig vom Stuhl. Guiseppe hat die Rettung gerufen. Sanitäter haben fünf Minuten bis ins Lokal gebraucht. Ärzte behandeln die Hochbergerin bis heute."

Der Kripomann klappte das Notebook auf. Mit dem Ärmel wischte er vorabendliche Zigarrenaschenreste von der Tastatur und hackte im Einfingersystem drauf los.

Wie vom Blitz getroffen fuhr Fiori hoch. Tellergeschirr zersprang auf gefliestem Boden. Ein Stuhl kippte zur Seite. Der Geschäftsmann eilte von einer Zimmerecke zur Nächsten. Tränen schossen ihm in die Augen.

Mit offenem Mund glotzte Gregor Klar dem Halbitaliener hinterher.

„Seit diesem Unglückstag werden wir von penetranten Journalisten mit Fragen bombardiert. Aggressive Anwälte und nervender Lebensmittelkontrolldienst belästigen uns. Die Stadtverwaltung hat den Eingang meines Lokals für zehn Tage versiegelt. Ich darf lediglich unter Aufsicht kochen. Der Oberstaatsanwalt bereitet seine Anklageschrift vor. Wir müssen achtzig Prozent Umsatzrückgang verkraften. An Weihnachten bin ich pleite."

„Ist die Vergiftungsursache ermittelt worden?"

„Der verflixte Steinbutt war mit Kokain verseucht!"

Gregor Klar riss die Augen auf. Über einen Junkiefisch hatte er weder etwas gelesen noch davon gehört.

Klammerte sich dieser Mann aus Verzweiflung an jede irrwitzige Begründung, um vom eigenen Versagen abzulenken oder sprach er die Wahrheit?

„Sämtliche Laboranalysen haben zum selben Ergebnis geführt. Der verfluchte Fisch war mit Rauschgift vollgepumpt. Ihre Kollegen von der Drogenfahndung haben Fritz vernommen. Mein Kumpel gab sich ahnungslos. Ich habe die Verbindung gekappt, ihm natürlich die Freundschaft gekündigt."

Gregor Klar holte Luft. Der Hauptkommissar war wütend auf sich selbst. Er hatte wie ein Anfänger agiert und es versäumt, fallspezifische, polizeiinterne Akten zu lesen. Annette sollte den Kollegen morgen mit Charme um den Finger wickeln und die Beweisunterlagen beschaffen. Er würde sich auf keinen Fall die Blöße geben, diesen unsympathischen Fraschning um Dokumenteneinsicht zu bitten.

„Herr Fiori, wo waren Sie Donnerstagabend?"

„Mit Grippe zu Hause im Bett."

„Kann das jemand bezeugen?"

„Meine Ex und ich leben seit drei Jahren getrennt. Zum Schluss haben wir Tag und Nacht gerackert. Da war keine Zeit mehr, die schönen Seiten des Lebens zu genießen. Ich wohne überm Restaurant.

Allein."

Der Hauptkommissar nickte, auf die Armbanduhr blickend.

Für den Nachmittag hatte ihn Annette bei der Mutter des Toten angekündigt. Die ausgedehnte Mittagspause ließ sich für eine Joggingrunde an der Isar nutzen. Zum Glück regnete es nicht mehr.

Gregor Klar resümierte.

Hannes Fiori besaß kein Alibi. Der Mann kämpfte um seinen Ruf. Die Existenz des Geschäftsmanns stand auf dem Spiel. Mit Sicherheit machte er seinen ehemaligen besten Freund für die desolate ökonomische Situation des Sternerestaurants verantwortlich. Reichte diese Negativemotion für einen Mord aus?

Zunächst hatte der Südländer ausgeglichen gewirkt. Während der Befragung war er aufgeschreckt. Möglicherweise kämpften hanseatische mit italienischen Genen. Vielleicht setzte der Zeuge lediglich schauspielerisch gekonnt Emotionen ein. Allerdings erschloss sich dem Kripomann nicht, was der Halbitaliener mit seiner Aktion hätte bezwecken wollen.

Am meisten erstaunte ihn diese unglaubliche Kokainfischgeschichte. Wie gelangten Drogen in einen lebenden Steinbutt? Vor dem gehassten Aktenstudium aus Fraschnings Feder würde er Rüdiger Rattelsberger als Informationsquelle nutzen und ihn zum Junkiefisch befragen.

Der Hauptkommissar verabschiedete sich. Als er hinausging, blieb sein Blick an einem silberglänzenden Feuerzeug auf der Vitrine hängen. Es erkannte das Dunhill aus dem Zigarrengeschäft.

München, Tal, 19. Oktober 2015, 15:00 Uhr

Teiggesicht walzte die Treppe hinunter. Schwer atmend stützte sich die Rheinländerin auf der Glastheke ab. Gregor Klar roch eine Mischung von Alkoholgestank und Parfumduft.

„Geizkragen hat seinen freien Tag. Heute bekommt unsere Zita vier

Leckerlis. Möchten Sie wie immer ein Exemplar der Hoyo de Monterrey? Darf ich die Epicure anbohren, oder soll ich sie lieber schneiden?"

Die Verkäuferin spendierte aus einer Blechbüchse braune Hundekuchenstücke.

Gierig verschlang der Rhodesian Ridgeback das Futter und verlangte regungslos sitzend weitere Gaben. Tierspeichel tropfte in langen Fäden auf den frisch gesaugten Teppichboden des Tabakgeschäfts.

Gregor Klar nickte.

Mit Zeige- und Mittelfinger zeichnete der Polizist eine Schere in die Luft.

Fünf Minuten später lag die in weißem Papier mit Firmenlogo eingerollte Zigarre auf der Glasvitrine.

Mit spitzen Fingern tippte der Hauptkommissar den Kreditkartencode in die Maschine. Unmittelbar fragte er sich, wie viele Menschen heute Bakterien auf diesen Tasten hinterlassen hatten. Ihn fröstelte. Beim nächsten unbaren Bezahlvorgang würde er Einwegschutzhandschuhe überziehen.

Die Rheinländerin kraulte das Hundekinn. Zita genoss mit geschlossenen Augen die Streicheleinheiten.

„Wer hat Sie bei Ihrem Besuch am Freitag begleitet? Die aparte ältere Dame passt nicht zu Ihnen, hat unser Geschäftsführer gesagt. Sie sei zu freundlich. Gemeinhin ist Herr Grashuber nie meiner Ansicht. In diesem Punkt stimme ich ihm allerdings ausnahmsweise zu."

Die Verkäuferin beäugte den Hauptkommissar mit einem listigen Lächeln.

Gedachte Teiggesicht ihn zu necken oder wollte sie rheinischen Humor unter Beweis stellen? Gregor Klars Blut kam in Wallung. Schweiß strömte den Rücken hinunter. Am liebsten hätte er dieser verhinderten Karnevalsjeckin die Meinung gegeigt. Der Kriminologe fühlte sich gekränkt. Er strich über seine Nase.

„Anna Wolff ist eine gute Freundin. Ich habe sie für das Bundesverdienstkreuz vorgeschlagen. Parteien, Kirchen, Vereine oder Behörden regen neunzig Prozent der Ordensverleihungen an. Es wird Zeit, dass sich dieser haltlose Zustand ändert.

Die Frau schuftet unentgeltlich für religiöse und staatliche Einrichtungen. Seit drei Wochen füllen Vertreter von Kolping, des Altsendlinger Pfarramts und eines Schwabinger Hospizes Fragebögen vom bayerischen Innenministerium aus. Sie schreiben nieder, was meine Bekannte ehrenamtlich geleistet hat. Die Ergebnisse werden von der Landesregierung gesammelt, bewertet und mit einem Votum versehen. Im besten Fall schlägt der Freistaat Anna Wolff zur Verleihung des Bundesverdienstkreuzes vor. Danach prüft das Berliner Präsidialamt den Bundeslandantrag und gibt eine Stellungnahme ab. Dreißig Prozent aller Ordensträger sind weiblich."

Gregor Klar schnaufte durch. Sein Puls lief rund. Der Kriminologe jubelte innerlich. Er hatte der stichelnden Verkäuferin ohne patzigen oder aggressiv anklagenden Ton geantwortet. Die gemeinsamen täglichen Yogaübungen mit Jessica fruchteten. Der Wahlmünchner hatte es geschafft. Am Abend würde er seinem Schatz stolz Bericht erstatten.

Wortlos stopfte er die Rauchwarenpackung in die Manteltasche. Mit der Hand tippte sich der Zigarrenfanatiker an die Schläfe und verließ schmunzelnd das Tabakgeschäft. Frau Schröters Kommentar interessierte ihn nicht.

Lächelnd winkte ihm seine Lieblingsverkäuferin hinterher.

Karlsfeld, Fischzuchtbetrieb „Aquakult", 19. Oktober 2015, 16:00 Uhr
Gregor Klar schaltete vom vierten in den zweiten Gang.

Der alte Wagen benötigte Motorenmasse, damit er hielt. Das Volvo Coupé rollte aus.

Seit einer Woche schaukelte der P 1800 vorne. Der Autofan war gezwungen, das Schmuckstück in die Werkstatt zur Revision zu bringen. Neue Stoßdämpfer waren fällig.

Der Autonarr würde für Material und Einbau tausendfünfhundert Euro berappen müssen, obwohl er einen Kumpel vom „Münchner Tisch" gebeten hatte, das Schmuckstück zu reparieren. Mehrere Oldtimerfans priesen den Mann als erfahrenen Autoexperten.

Der passionierte Zigarrenraucher würde seinen Tabakkonsum deutlich einschränken müssen, um die Rechnung begleichen zu können. Seit einer Woche quälte ihn dieser unakzeptable Gedanke.

Er beschloss, sich morgen Annette anzuvertrauen. Die Teamassistentin überzeugte ihn immer wieder aufs Neue mit klugen Vorschlägen.

Gregor Klars Gedanken fanden zum Fall zurück. Sein Kollege hatte die Familie vorgestern über die Umstände der Bluttat informiert. Rüdiger Rattelsbergers Obduktionsbericht bestätigte dessen erste These. Der Tote war in Folge gewaltsam zugefügter Schläge ums Leben gekommen. Drei ausgeprägte Hämatome am Hinterkopf lieferten das entscheidende Indiz.

Der Polizist zog den Mantelgürtel fester. Ihn fröstelte. Viermal drückte er ergebnislos die Türklingel am Gartentor.

Laute südamerikanische Musik drang aus dem Raum links vom Eingang.

Der Kriminalbeamte klopfte an den Türrahmen.

Friderike Kuhlmann tippte in Höchstgeschwindigkeit. Ihre Finger flogen über die Tastatur.

„Guten Tag. Störe ich?"

„Lassen Sie mich einen genialen Kommentar von Varga Mario Llosa liken. Ich vergöttere Lateinamerika. Vor allem argentinische, chilenische und brasilianische Literaten haben's mir angetan. Können Sie mit Elviro Romero, Fabio Fiallo oder Juan Bosch etwas anfangen?"

Die Seniorin schien weder erschrocken noch verlegen. Ohne aufzuschauen und eine Antwort abzuwarten, schrieb sie eifrig weiter.

Gregor Klar war schockiert. Ein Unbekannter hatte Friderike Kuhlmanns Sohn vor kurzem ermordet. Nichtsdestotrotz frönte die Zeugin unbeeindruckt ihrem Hobby.

Dem Hauptkommissar waren berufsbedingt dutzende Situationen widerfahren, in denen Menschen inhuman miteinander umgingen. Trotzdem machte ihn asoziales Verhalten immer noch wütend.

Diese egoistische Frau war ähnlich ichbezogen wie zwei Menschen aus dem Umkreis Anna Wolffs.

Seine langjährige Freundin hatte Vertrauten enthusiastisch über die anstehende Verleihung des Bundesverdienstkreuzes berichtet.

Marga und Irmgard lachten die Wahlmünchnerin minutenlang aus und überschütteten sie mit hämischen Kommentaren. Bei jedweder Gelegenheit schwatzten die beiden über das für eine Ordensverleihung unzureichende karitative Engagement der Vorgeschlagenen. Die Intrige erreichte ihr Ziel. Der verunsicherte Gemeindepfarrer sandte den Fragebogen unausgefüllt an die bayerische Staatsregierung zurück.

Der Hauptkommissar fühlte den Kloß im Hals wachsen. Er musste sich mäßigen. Wenn ihn die Melancholie gefangen hielt, würde er die Zeugin nicht professionell vernehmen können.

„Sie sind nicht in lateinamerikanischen Literaten beschlagen. Ich hätte keine andere Antwort erwartet. Schließen Sie die Tür. Draußen ist es kalt. Ich habe den Haustürklingelton abgeschaltet, um ungestört meine geliebte Sambamusik zu genießen."

Die Seniorin klappte den Laptopbildschirm zu und ging dem Polizeibeamten mit offenen Armen entgegen.

Schwarze Wimperntusche kontrastierte zu blauen Pupillen. Die Augen der rüstigen Seniorin klimperten.

Äußerlich wirkte Friderike Kuhlmann auf den Polizisten wie verwandelt. Ihre strenge, unsympathische Ausstrahlung aus dem letzten Zusammentreffen schien wie weggeblasen. Vielleicht tat er der Zeugin mit seiner charakterlichen Einschätzung Unrecht.

Ein stetig lauter werdender Ton Rumbamusik erklang. Friderike Kuhlmanns Smartphone blinkte.

Die Seniorin führte das Handy zum Ohr.

„Gerade ist's schlecht. Ruf um ... Moment ... wie lange werden Sie meine Zeit beanspruchen?"

Gregor Klar ärgerte sich. Ihm war verborgen geblieben, was die alte Frau ins Smartphone wisperte. Vergeblich versuchte der Hauptkommissar, einen Blick aufs Handydisplay zu erhaschen, um den Anrufer zu identifizieren. Der Polizeibeamte formte mit der Hand eine Drei und eine Null in der Luft.

„Melde dich um dreiviertel fünf!"

Friderike Kuhlmann tippte eine Textnachricht, ohne aufs Smartphone-Display zu schauen. Die versandte SMS rauschte. Eine leichte Rötung kroch das Seniorinnengesicht hinauf.

„Entschuldigen Sie das Telefonat. Seit Fritz' Tod kümmere ich mich um die Anlagensteuerung. Angelika flüchtet jeden Morgen an den Arbeitsplatz. Sie wirken übrigens fescher als wenige Minuten zuvor. Die Traurigkeit ist aus Ihrem Antlitz gewichen."

Friderike Kuhlmann kramte in der Hosentasche. Die Seniorin legte schmunzelnd einen kleinen hellblauen Kunststoffquader mit schwarzgläsernem Mittelkreis auf den Tisch. Das Teil maß drei mal drei Zentimeter. In seiner Mitte vermutete der Polizist eine Linse.

„Solche Kameras hat Felipe in allen Hallen und an den Betonpfeilern draußen montiert. Ich steuere die Kameras über mein Smartphone. Die Geräte lassen sich sogar in Steckdosen verbauen. Niemand bemerkt, wenn er gefilmt wird."

Die Seniorin drehte eine Box in ihrer Hand.

Gregor Klar nickte zögernd. Ihm fiel es schwer, sich für Technik zu begeistern. Er war nicht einmal in der Lage, das Motoröl seines heiß geliebten Volvos zu wechseln.

Einen Seufzer ausstoßend rückte Friderike Kuhlmann den Dutt zurecht. Die Witwe bekreuzigte sich mit einem urplötzlichen Blick zur Decke.

„Wie hat Ihr Sohn seinen Arbeitstag strukturiert?"

„Eine Fischzuchtanlage zu steuern ist ein komplexes Unterfangen. Zuallererst halten Rechensiebe Kot und andere Ausscheidungen auf. Verdreckte Seiher müssen allweil gereinigt werden. In jedem Tank befreit eine Kläranlage verschmutztes Wasser von Ammonium und Eiweiß. Profis nennen diese chemischen Prozesse Nitrifikation und Abschäumung. Danach fließt das Nass in Reinigungsfilter. Pfleger überwachen fortlaufend die Temperatur. Steinbutte benötigen 24 bis 26 Grad Celcius. Plattfische sind nach sechs Jahren schlachtreif. Aale mögen es einen Tick kühler. Sie kommen schneller in den Verkauf.

Fritz begann Punkt halb sechs seine Arbeit. Am Vormittag hat mein Sohn die Anlage gesteuert. Nach dem Mittagessen besuchte er Kunden oder verhandelte mit Investoren."

Mit nach oben gezogenen Augenbrauen gaffte ihn Friderike Kuhlmann an. Die Seniorin erhoffte offenbar ein Freundlichkeitssignal.

Gregor Klar hüstelte, ein Schmunzeln andeutend.

„Sie wissen viel über die Abläufe einer Fischzucht. Ich bin beeindruckt. Der Arbeitstag Ihres Sohnes war ausgefüllt. Hat sich sein Engagement ökonomisch gelohnt?"

„In meinem Alter rechnet es sich mühsam. Unser Vorzeigeunternehmen produziert pro Jahr zwei Tonnen schmackhaften Steinbutt und dreitausend Kilo fettreduzierten Aal. Mein Kind hat mich nie die Bücher prüfen lassen. Ich kenne weder Umsätze noch Kosten, Deckungsbeiträge oder Gewinne. Sie müssten in der Buchhaltung fragen, sollte Sie das Zahlenwerk interessieren."

Diese ausgebuffte Taktikerin wusste über alle Betriebsabläufe bestens Bescheid. Fachtermini kamen ihr flüssig über die Lippen. Sie argumentierte kompetent in fachspezifischen wie ökonomischen Zusammenhängen anstatt langweilige Einzelfakten aneinanderzureihen.

Auf Klars Frage nach den finanziellen Ergebnissen der Fischzuchtfarm hatte sie gelogen. Die Mutter des Mordopfers ließ sich zu viel Zeit für eine Antwort. Zudem klang die Antwort der Zeugin gestelzt.

„Können Sie sich vorstellen, wer Ihrem Sohn schaden wollte?"

„Fritz war beliebt. Besorgen Sie sich doch eine Antwort auf diese unmögliche Frage bei der Ehefrau meines Sohnes."

Die Seniorinnensätze hingen schnippisch im Raum. Friderike Kuhlmanns Backen leuchteten rosarot. Die Zeugin massierte langsam ihre Schläfen.

„Ich wollte wissen, ob Ihnen die Namen von Rivalen wie Konkurrenten geläufig sind, die nach Rache sannen. Nach was soll ich mich bei Ihrer Schwiegertochter erkundigen?"

„Quetschen Sie Angelika aus, mit wem sie die Freizeit verbringt. Diese mitteilungsbedürftige Person wird garantiert antworten. Deren Freunde sind meines Sohnes Feinde."

Gregor Klar schluckte. Dem Kriminalbeamten blieben bloß wenige Minuten bis zum nächsten Termin. Hastig zog er sich den Mantel über.

Der Hauptkommissar musste als nächstes auflösen, warum die Patronin keine Gelegenheit ausließ, ihre Schwiegertochter anzuschwärzen. Bezweckte sie von der eigenen Verantwortung abzulenken, oder steckte hinter den Sticheleien ein fundierter Hinweis auf Tatverdächtige?

Karlsfeld, Wohnhaus neben „Aquakult", 19. Oktober 2015, 17:30 Uhr
Mit ausladenden Schritten spurtete Gregor Klar zum Haus, um dicht fallendem Regen zu entkommen.

Der Polizeibeamte stoppte mit erhöhtem Puls vor einer umgebauten Mühle aus dem vorigen Jahrhundert. Zufrieden tastete er pulsierende, feste Bauchmuskeln unter dem T-Shirt ab. Einen Moment blickte er zum Haus. Er ahnte, durchs Fenster beobachtet zu werden. Eine Gardine wackelte. Gregor Klar drückte die Haustürklingel.

Der Endvierziger betrat die mit modernen Hochglanzweißmöbeln eingerichtete Wohnküche. Als Erstes fiel ihm ein in der Schrankwand verbauter Dampfgarer oberbayerischer Produktion ins Auge. Sein fünfzigster Geburtstag wäre ein willkommener Anlass, sich näher mit Kochen zu beschäftigen. Früher oder später würde Jessica dahinterkommen, dass er sich lediglich dann auf eine intensive Beziehung einließ, wenn die Auserwählten geschmacklich exzellente Dreigangmenus zubereiten konnten. Der passionierte Gourmet unterbreitete allen Aspirantinnen zu Beginn der Liebschaft fünf Speiseplanvorschläge mit je einer fremdländischen Vor- oder Nachspeise. Bis zum heutigen Tage hatte ihn keine Kandidatin zufriedenstellen können.

Klars Partnerschaften hatten durchschnittlich vierzehn Monate gehalten. Folglich blieb ihm statistisch gesehen ein gutes Jahr, um von seiner Lebensabschnittsgefährtin zu lernen, wie man Essen geschmackvoll zubereitete. Ansonsten musste er sich bald eine neue Partnerin suchen, die ihn bekochte.

Ihm wehte frischer Kaffeeduft entgegen.

„Guten Tag. Möchten Sie einen?"

Scheu blickte die Witwe, einen dampfenden Brühfilter haltend, zur Tür. Ihre schulterlangen blonden Haare glänzten fettig. Sie schaute ungepflegt aus.

„Grüß Gott. Ich nehme einen Schwarzen ohne Milch und Zucker. Wie geht's Ihnen?"

„Meine Historie als Leistungssportlerin hilft. Ich bin Einhundertmeterläuferin und habe früher regelmäßig hart trainiert. Der Westen boykottierte die Olympischen Spiele 1980 in Moskau, weil die Sowjetrussen in Afghanistan einmarschiert waren. Das hat meine Teilnahme als jüngste deutsche Teilnehmerin aller Zeiten verhindert."

„Wo haben Sie Ihren Gatten kennengelernt?"

„August neunundachtzig bei einem Wettkampf im Olympiastadion. Fritz hat mich vor dem Haupteingang abgepasst. Zwölf Monate später heirateten wir. Fünf Jahre nach der Hochzeit wurde Jenifer und ein

Jahr später unser Sohn geboren. Max studiert in München Architektur. Bei Bedarf unterstützt er uns bei der Arbeit."

„Wie ist Ihre Ehe gelaufen?"

Angelika Kuhlmann zupfte am Trainingshosenbund. Eine Wolke stechender Buttersäuregeruch kroch durch den Raum. Angeekelt starrte der Reinheitsfanatiker auf ein seit Tagen ununterbrochen getragenes, dreckiges T-Shirt.

„Es war Liebe auf den ersten Blick. Mit der Zeit haben wir uns arrangiert. Fritz verbrachte viel Zeit auf der Anlage. Fischzucht war meinem Mann sehr wichtig. Dann und wann hat sein Verhalten meine Nerven strapaziert. Oft durchlitt er depressive Phasen. Unter Druck hielt dieser arme Mensch nur schwer seelisches Gleichgewicht. Falls andere nicht nach seiner Pfeife tanzten, hat er sie gedemütigt oder vor den Kopf gestoßen."

Die Frau knetete ihre Hände. Erst jetzt nahm der Hauptkommissar sechs aufgerissene Schachteln Kopfschmerztabletten auf der Kommode wahr. Unter dem Tisch lag ein Dutzend leerer Rotweinflaschen.

„Ich habe ihn mit der „Rata" zusammengebracht."

„Was ist das?"

„Entschuldigung. Ich meine die „Accurata". Der Tod meines Mannes laugt mich aus."

„Was machen Sie beruflich?"

„Ich habe in Ulm Wirtschaftsmathematik studiert und danach in einer Kölner Versicherung angeheuert. Mein erster Protegé hat mir etliche Spezialausbildungen finanziert. Ich bin Staatlich geprüfte Aktuarin. Vertreter unserer Berufsspezies prognostizieren, wie lang ein Mensch wahrscheinlich leben wird, kalkulieren das Langlebigkeitsrisiko. Branchenfremde behaupten, dies sperrige Wort klinge pervers. Dabei ist es ganz einfach. Ein sich gesund ernährender, Sport treibender, abstinenter Nichtraucher, der regelmäßig Sudokurätsel löst, stirbt statistisch gesehen später als der Durchschnitt von Versicherten in seiner Vergleichsgruppe.

Aufgrund unserer Berechnungen werden Versicherungstarife veranschlagt. Bei neugeborenen Mädchen sagen wir eine Lebenserwartung von hundertfünf Jahren voraus."

„Oha, da sehe ich viele Zahlenkolonnen vor mir. Komplizierter Beruf, habe ich recht?"

Der Polizeibeamte schluckte den Kloß im Hals hinunter.

Mit Schrecken erinnerte er sich an Julias Tod. Sein elternloses Patenkind war 2008 an den Folgen einer spastischen Lähmung im Alter von neun Jahren gestorben. Dieser Verlust schmerzte Gregor Klar bis heute. Er sah sich selbst als schuldig. Das totkranke Mädchen hätte mehr Liebe gebraucht. Der Kinderlose trauerte jeden Tag.

„Die „Rata" versichert die Aaltransporte meines Mannes nach New York".

„Sprechen Sie über Schiffsladungen voller Fische?"

Die Aktuarin schüttelte den Kopf.

Der Polizeibeamte blickte zum Fenster. Dieser Gestank war unerträglich. Er sehnte sich nach frischer Luft.

Angelika Kuhlmann schlurfte Richtung Sideboard.

Im Zeitlupentempo zog die Witwe eine grauweiße Kladde aus der Schublade. Sie klappte den Aktenordner auf.

Gregor Klars Mund stand offen.

Eine Reihe Fotos zeigten auf einer offenen Wasserfläche riesige Netze in Ellipsenform. Sämtliche Käfige maßen dreißig mal fünf Meter. Die Höhe dieser Monstren ließ sich kaum schätzen. Der Hauptkommissar tippte auf fünfzehn Meter.

„Die Bahn transportiert unsere Aale in Containern nach Wilhelmshaven. Von dort geht's für die Fische per Schiff nach Caen. Aus der Bretagne werden sie in Käfigen nach New York auf ihre Reise über den Atlantik geschickt. Die Netze sind mit Ortungssendern bestückt. An der US–Ostküste nimmt unser Agent die Aale auf und distribuiert sie an Restaurants oder Endabnehmer."

„Wie werden diese gigantischen Teile angetrieben?"

„Motorisch. Die Käfige gleiten gegen den Strom. Unsere Tiere ernähren sich durch das, was sie im Wasser finden. Falls es nicht reicht, wird beigefüttert. Aale fressen Würmer, Insekten und Fischlaich. Luftpolster stabilisieren die Netze über Wasser. Die Bundesregierung unterstützt das Projekt finanziell."

„Können Geflechte reißen?"

„Meine Versicherung trägt das Untergangsrisiko. Bisher war kein Ausfall zu beklagen."

Angelika Kuhlmanns Handy klingelte. Die fiebrigen Augenränder der Witwe zuckten. Ihre Gesichtsfarbe glich einem Leichentuch.

Von Gregor Klar abgewandt flüsterte sie ins Smartphone.

Der Hauptkommissar horchte mit angehaltenem Atem.

Ihn ärgerte, lediglich die Begrüßungsfloskel zu Beginn des Telefonats mitgehört zu haben. Mit wem die Frau sprach oder was sie redete, erschloss sich Gregor Klar nicht.

Der Polizeibeamte stand an der Tür. Per Handzeichen verdeutlichte er seinen Abschied. Er hatte genug erfahren. Außerdem ertrug der Reinlichkeitsfanatiker diesen Gestank keine Sekunde länger.

Er freute sich darauf, Ratte über schwimmende Fischkäfige auszuquetschen. Der Gerichtsmediziner war seit Jahrzehnten Hobbyaquarianer und ein wandelndes Lexikon bei Fragen rund ums Wasser und allem, was im Meer, in Flüssen oder Bächen lebte.

Nieselregen war in orkanartige Böen umgeschlagen.

Gregor Klar schlug den Mantelkragen hoch. Im Windfang zündete er eine Epicure Nummer zwei an. Der neue DuPont-Anzünder spendete harmonisch brennendes Feuer. Zufrieden blickte der Zigarrenfan auf die gleichmäßig glimmende Glut.

Für eine gewissenhafte Durchsicht der „Aquakult"-Unterlagen war der Polizeibeamte gezwungen, die halbe Nacht zu opfern. Er verabscheute Schreibtischarbeit. Genervt klemmte der Kriminologe den Aktenordner unter den Arm.

Ihn wunderte, warum die Witwe den Anruf angenommen hatte. Die Frau sah verwahrlost aus und wirkte während der Vernehmung fahrig. Vermutlich hatte sie stressbedingt ihre gute Kinderstube vergessen.

Der Polizist ließ dreißig Minuten verstreichen.

Geduckt schlich er ums Haus, sorgfältig darauf bedacht, dass man weder Zigarrenrauchkringel sehen noch Schritte hören konnte. Auf Zehenspitzen spähte der Polizist ins Zimmer. Er fühlte sein Herz bis zum Hals klopfen.

Angelika Kuhlmann schaute mit sauberer Bluse, perfekt gezogenem Lippenstift und zum Zopf gebundener, frisch gewaschener Frisur wie ausgewechselt aus. Die Witwe hockte kerzengrade mit gefalteten Händen am Tisch. Ein Bündel loser Blätter lag vor der Fünfzigjährigen. Lächelnd strich sie über die oberste Seite.

München, Maxburgstraße, 19. Oktober 2015, 18:30 Uhr
Der Hauptkommissar runzelte die Stirn. Vor ihm lagen eine im PDF-Format eingescannte handgeschriebene Seite und zwei Fotos.

Zita schlabberte Wasser aus dem Napf. Penetranter Kotgeruch verpestete die Luft. Die Hündin hatte sich beim nachmittäglichen Isarspaziergang genüsslich in Festausscheidungen anderer Tiere gewälzt. Zuhause würde es zum Leidwesen des Rhodesian Ridgebacks eine lauwarme Dusche mit folgendem intensivem Frotteetuchrubbeln geben. Gregor Klar öffnete beide Bürofensterflügel.

> *Hallo Herr Hauptkommissar,*
> *meine Mama hat mich gestern ins Krankenhaus Rechts der Isar gebracht. Es besteht Verdacht auf Kreislaufkollaps und Schock. Ich muss vierzehn Tage im Spital bleiben. Mein Arzt hat mir verboten, Besucher zu empfangen und zu telefonieren. Deshalb er-*

reicht Sie diese Mail. In dreißig Minuten muss ich dem Krankenpfleger Laptop und Smartphone aushändigen.
Oma hat Nacktaufnahmen meines Ex-Freundes mit einer Frau auf dem Rechner gespeichert. Die Fotos sind im Appendix beigelegt. Mit dem Lügner ist endgültig Schluss."
Jenifer Kuhlmann

Der Hauptkommissar pfiff durch die Zähne. Diesen durchtriebenen Latino hatte er unterschätzt. Der Typ war ein Sauhund. Das Schreiben änderte die Situation. Ihn ärgerte, die Nachricht nicht vor dem hundertzwanzig Minuten zurückliegenden Verhör Angelika Kuhlmanns gelesen zu haben. Ihm war unverständlich, warum die Witwe ihm verschwiegen hatte, dass ihre Tochter in der Klinik lag.

Gregor Klar tippte den Auftrag ins Smartphone. Der Hauptkommissar leitete seinem Kollegen die eingescannte Mail mit Anhang und Notizen aus der heutigen Vernehmung weiter.

Morgen würde Loiperdinger die alte Frau unter Druck dazu bringen, die Motive ihrer Aktion zu kommunizieren.

Der Neunundvierzigjährige beobachtete grinsend Zita, die seit neunzig Sekunden auf dem verdreckten Kissen kreisend den gewohnten Schlafplatz vorzubereiten versuchte. Er freute sich auf eine kubanische Abendzigarre und den obligatorischen James Bond-Film. Der Filmenthusiast wollte sich auf der Heimfahrt zwischen „Liebesgrüße aus Moskau" und „Octopussy" entscheiden. Das Aktenstudium konnte warten.

München, Sendlinger Straße, 19. Oktober 2015, 19:00 Uhr
Die beiden Frauen spazierten aufeinander zu.

In der verkehrsberuhigten Einkaufsstraße herrschte trotz des nahenden Ladenschlusses geschäftiges Treiben. Zahlreiche Kunden nutzten die Regenpause für Besorgungen.

„Wie geht's dir?"

Die Vorstandsgattin war bester Laune. Gekonnt verlagerte sie ihr Körpergewicht auf die linke Vorderferse, sodass der Stöckelschuh des anderen Fußes keck in die Luft ragte. Die Mittsechzigerin umarmte Friderike Kuhlmann und drückte sie an ihren üppigen Busen. Regungslos ließ die Angesprochene, Augen rollend, eine Reihe schmatzender Wangenküsse über sich ergehen.

„Wolfgang hat mich für Samstag in die Staatsoper eingeladen. Rate, welches Stück sie spielen? Kannst du dir vorstellen, wie sehr ich mich freue?"

Die Seniorensportlerin lupfte die Augenbrauen. Mit Mascara bepinselte künstliche Wimpern klimperten. Dick aufgetragene Tusche verbarg tiefe Gesichtsfurchen.

Friderike Kuhlmanns Schultern zuckten nach oben.

„La Traviata. Kirill Petrenko dirigiert. Freust du dich mit mir?"

Die Vorstandsgattin formte einen Schmollmund. Frische Lippenstiftfarbe strahlte karmesinrot. Die ausbleibende Antwort der Vertrauten beeindruckte sie in keiner Weise. Anneliese Brikowski quasselte weiter.

„Ein Studienweggefährte Wolfgangs feiert seine Ernennung zum Staatssekretär im Bayerischen Landwirtschaftsministerium. Ich werde morgen mit meinem Liebsten in der Orangerie des Nymphenburger Schlossparks einen famosen Auftritt inszenieren. Wolle hat sich einen neuen Maßanzug schneidern lassen, und ich werde mir heut Abend eine Gesichtsmassage gönnen. Unsere Ehe funktioniert dermaßen gut wie seit zwanzig Jahren nicht. Ich bin glücklich."

Die Vorstandsgattin nickte, nach dem Handspiegel in ihrer krokodilledernden Yves Saint Laurent–Tasche nestelnd. Eine Wolke Coco Chanel Nr. 5 umnebelte Anneliese Brikowski.

„Wolfgang hat seinen Angestellten, den du des Ehebruchs verdächtigst, unter Druck gesetzt. Der Mann streitet alles vehement ab. Praktisch wäre es sein Karriereaus, wenn herauskäme, dass er lügt. Mein Liebster kann im Beruf so brutal sein. Zuhause ist er zahm, zuvorkommend und rührend naiv."

Friderike Kuhlmann hielt inne. Ihre Augen fixierten die Freundin.

„Warum schaust du so verdattert? Seine Antwort wundert mich nicht. Untergebene Versicherungstypen beginnen niemals firmeninterne Affären. Langweilige Spießer haben keinen Mumm. Wolfgang hingegen nennt eine grade Wirbelsäule sein eigen. Er sagt, was er denkt und macht, was er sagt."

Leise kicherte sie in die hohle Hand.

Das Paar setzte sich gemächlich Richtung Marienplatz in Bewegung.

Friderike Kuhlmann lächelte hinterhältig.

Es lief wie gehofft. Natürlich log dieser arrogante Versicherungsangestellte. Aus Angst. Furchtsame Menschen begingen früher oder später Fehler.

Auf Stöckelschuhen staksend bestaunte die Vorstandsgattin Pelzmäntel und Designerschuhe in der Auslage des Modegeschäftes. Langsam strich sie durch geföhnte Haare.

„Nun gilt es geduldig abzuwarten."

„Was meinst du?"

„Mich plagen seit kurzem Selbstgespräche. Lass uns zum Oberpollinger shoppen gehen."

„Welch wunderbare Idee. Wir müssen uns sputen. In einer dreiviertel Stunde schließen die Läden."

München–Sendling, Aberlestraße 19. Oktober 2015, 21:20 Uhr
Gregor Klar schwitzte am ganzen Körper. Er ängstigte sich wegen seiner finanziellen Situation. Am Monatsende musste der Hauptkommissar den geschätzten Oldtimer reparieren lassen. Sein Zigarrenkonsum verschlang über dreihundert Euro monatlich. Einmal pro Woche führte er Jessica in die Oper oder ins Theater aus. Abend für

Abend lag ihm dieses Temperamentbündel in den Ohren, über Weihnachten nach Thailand zu fliegen. Die Dreißigjährige plante, vier Nächte im Bangkoker Lebua-at-State-Tower-Hotel abzusteigen und anschließend eine Badewoche an Ko Samui's Strand zu verbringen. Spätestens im nächsten Februar würde das Girokonto in den Miesen stehen. Seit Jahren lebte er über seine Verhältnisse. Nun wurde es eng. Der Wahlmünchner schluckte.

Wie jeden Montagabend goss er den Philodendron. Der einhundertachtzig Zentimeter hohe Pflanzenstock war das einzige Überbleibsel aus Gregor Klars vorvorletzter Liaison. Monika beendete vor drei Jahren die Zweierkiste, nachdem er sich über drei Monate geweigert hatte, in die tausend Euro teure Gemeinschaftswaschmaschine zu investieren, die in der Wohnung seiner Ausgewählten installiert werden sollte. Bis heute rätselte der Schwabe, warum die Lebensabschnittsgefährtin per SMS Schluss gemacht hatte.

Der Zigarrenraucher griff zum Staubwedel, um die Pflanzenblätter von Aschenresten und weiteren Unreinigkeiten zu befreien.

Das Smartphone blinkte.

„Hallo Annette. Danke für den Rückruf. Ich wollte dich keinesfalls im Dienst um Rat bitten. Die Wände in der Maxburgstraße sind hellhörig. Im Kommissariat wird viel getratscht. "

„Es ist zwar ungewöhnlich, wenn sich der Boss bei seiner Assistentin erkundigt. Aber du machst mich neugierig. Bin gespannt wie ein Flitzebogen."

Annette Dirolf sprach ruhig. Ihre oberbayerisch dialektgefärbte Stimme klang samtig. Der Kriminalbeamte verspürte die freundliche Art seiner Kollegin durch die Leitung. Er holte Luft.

„Wunderbar. Du weißt ja um meine Hobbys. Mir schmecken nun mal Zigarren. Der 57er-Volvo ist mein Ein und Alles. Leider verschlingen diese Liebhabereien Geld."

„Lass endlich von den Giftnudeln ab! Deine Designerklamotten stinken nach Qualm. Die Zähne verfärben sich braun. Ferner teeren Stumpen Lungen zu."

„Eine Epicure Numero zwei rauchen macht mich glücklich. Sobald ich kubanische Zigarren genieße, träume ich vom feinen weißen Sandstrand Habana del Estes. Hast du eine Idee, wie man schleunigst zu Kohle kommen kann?"

Gregor Klar brachte den Schlusssatz kaum über die Lippen. Der Hauptkommissar wischte sich Schweißtropfen von der Stirn.

Er zählte ohne Wenn und Aber auf die Assistentin. Seit zehn Jahren arbeitete der Kriminalbeamte erfolgreich mit Annette Dirolf zusammen. Er ließ sie an seinen Träumen teilhaben und vertraute ihr an, was ihn sorgte. Manchmal beschlich den Hauptkommissar ein schlechtes Gewissen, weil er das eherne Prinzip durchbrach, Privates vom Beruflichen zu trennen.

Die Kollegin wusste um seine schnörkellose Art und konnte damit umgehen. Sie war sich bewusst, dass er ungern um den heißen Brei herumredete. Trotzdem fürchtete der Neunundvierzigjährige, die Mitarbeiterin würde die gestellte Frage kaum nachvollziehen können.

Der Hauptkommissar hielt den Atem an. Am anderen Ende der Leitung war nichts zu vernehmen.

Sekunden verrannen.

„Mein Vater ist vor vier Monaten an Bauchspeicheldrüsenkrebs gestorben. Seitdem trauere ich still. Der Papa hat mir neben einer Ferienimmobilie auf Ibiza Geld vererbt. Ich könnte dir für drei Jahre zehntausend Euro gegen einen unterzeichneten Schuldschein borgen. Reicht dir das?"

Gregor Klar schlug die Augen nieder. Der Hauptkommissar schämte sich für einen Sekundenbruchteil, seine Assistentin angepumpt zu haben. Ein Schuldanerkenntnis machte ihn erpressbar. Auf der anderen Seite ermöglichte es ihm der Mammon, Jessica zu imponieren.

Der knapp Fünfzigjährige kam sich wie ein Alkoholiker vor. Die meisten Säufer wurden sich der zerstörerischen Konsequenzen übermäßigen Bier-, Wein- oder Schnapsgenusses spätestens dann bewusst, sobald sie nüchtern waren. Trotzdem kamen die meisten ohne therapeutische Hilfe nie von ihrer Sucht los. Gregor Klar erlebte sich als von attraktiven Frauen abhängig.

Hitzewellen durchfluteten seinen Körper. Hastig knöpfte er das Hemd auf. Der Polizeibeamte wünschte seiner Mitarbeiterin eine gute Nacht. Die nächsten Tage wollte er über ihre großzügige Offerte nachdenken. Nach einem knappen, gemurmelten Abschiedsgruß schaltete er das Mobiltelefon aus. Störungen ausgeschlossen.

Karlsfeld, Wohnhaus neben „Aquakult", 20. Oktober 2015, 9:30 Uhr
Wolfgang Loiperdinger stand vor dem Wohnhaus der Kuhlmanns. Seine Laune näherte sich dem Nullpunkt.

Die Assistentin seines Chefs hatte ihm per SMS am späten Vorabend eine Terminblockung reingedrückt. Annette Dirolf war dem Kommissar unheimlich. Welche Behördensekretärin außer ihr arbeitete sieben Tage rund um die Uhr? Eins war klar: die übereifrige Kollegin wollte um jeden Preis Karriere machen.

Der Kettenraucher war zornig auf seinen Vorgesetzten.

Zwanzig erfolgreiche Dienstjahre lasteten auf dem Buckel des Wahlmünchners mit niederbayerischen Wurzeln. Zum Dank für herausragende Ermittlungserfolge plante sein Boss, eine Frau ins Team zu schmuggeln. Das meldete die Gerüchteküche in der Zentrale beharrlich seit Tagen. Dieses Weibsbild würde sicherlich von Anfang an seine unkonventionellen Ermittlungsmethoden in Frage stellen und ihm ins Handwerk pfuschen.

Leidenschaftlich gerne gab der Kommissar offenes Feedback und frotzelte ab und an. Sein harmonieorientierter Vorgesetzter war außerstande, mit abweichenden Meinungen konstruktiv umzugehen. Mimosenhafte Führungskräfte ertrugen es nur schwer, wenn Mitarbeiter eigenständige Gedanken entwickelten und Standpunkte unter Druck verteidigten.

Wolfgang Loiperdinger stellte ab und an nach schief gelaufenen Vernehmungen oder in drögen Jour Fixes kritische Fragen. Postwendend warf ihm sein Boss illoyales Verhalten vor und zog sich tagelang schmollend ins Büro zurück. In dieser Zeit säuberte der Putzmanische täglich den Schreibtisch. Seine Kollegen konnten das durch die Glasfront beobachten.

Annette Dirolf lobte das Aussehen ihres eitlen Vorgesetzten, widersprach nie, und arbeitete bis zum Umfallen. Sie spekulierte auf den beruflichen Ritterschlag. Die Assistentin träumte von einer Ausbildung zur Kommissarin. Das hatte sie einer Sekretariatskollegin ausgeplaudert. Die junge Frau tratschte es umgehend Loiperdingers Ex-Freundin weiter. Der Mittvierziger traf Marita aus Fraschnings Drogenfahndungsteam gelegentlich spontan zum Sex in der Mittagspause.

Eine Ernennung zum Hauptkommissar konnte Wolfgang Loiperdinger in den Wind schreiben, sollte es dieser raffinierten Assistentin gelingen aufzusteigen. In Zeiten knapper Kassen würde sich Doktor Schulte für eine neue Stelle und gegen die Beförderung entscheiden, zumal der ministeriell verordnete Frauenanteil im öffentlichen Dienst erhöht werden sollte.

Der Kommissar beschloss, abends seine Loverin anzurufen. Diesem wunderschönen Miststück fiel hundertprozentig eine Intrige ein, um die lästige Wettbewerberin auszuschalten.

Er erinnerte sich der zweiten am Vorabend erhaltenen SMS. Der Niederbayer fühlte Hitze in sich aufsteigen. Gregor Klars Assistentin meldete, dass Friderike Kuhlmann die Terminanfrage prompt bestätigt hatte.

Was trieb eine Seniorin an, vierundzwanzig Stunden online zu sein?

Der Kripobeamte nahm sich vor, künftig das Diensthandy ausgeschaltet zu lassen, wenn er durch Kaschemmen tourte. Ein Polizist war nicht verpflichtet, rund um die Uhr erreichbar zu sein.

Wolfgang Loiperdinger fasste sich an den schmerzenden Kopf. Ihn malträtierte der stärkste Brummschädel seit dem vierzehn Tage zurückliegenden Oktoberfest.

In Erwartung eines gemütlichen Bürotages hatte er gestern mit Kameraden das all you can eat–Angebot im Grantler genutzt. Die Männergruppe spülte gegrillte Schweinerippchen auf Krautsalat und Bratkartoffeln mit Augustiner Hellem vom Fass runter. Ausgelassene Stimmung ließ selbst die nervös umherschwirrende, ungepflegte Kneipenfrau und ihren im Gasthof streunenden zotteligen Riesenhund vergessen machen.

Der Fünfundvierzigjährige zog am Zigarettenstummel. Es war sein sechster Glimmstängel heute.

Wolfgang Loiperdinger schaute auf den aufgeweichten Boden. Dieser Schreckschraube würde ihr Augenklimpern bald vergehen. Ein bayerischer Polizeibeamter ließ sich nie und nimmer veräppeln.

Der Kommissar drückte den Kippenrest mit der Schuhspitze im nassen Kies aus. Vom Restalkohol gezeichnet schwankte er zum Haus. Ein lauter Rülpser entwich dem Polizistenmund.

Friderike Kuhlmann kicherte.

„Guten Morgen, Herr Kommissar. Sie sehen zerknittert aus. Treiben Sie Sport? Ich könnte Ihnen Ertüchtigungsratschläge geben. Darf ich Ihnen mein Fitnessstudio zeigen, nachdem Sie mich vernommen haben?"

„Morgen. Nein."

„Nehmen Sie bitte Platz. Was verschafft mir die Ehre eines frühen Beamtenbesuchs? Ich war wegen Ihnen gezwungen, meine allmorgendliche Fitnessübung zu verschieben. Ihr Kollege hat mich erst gestern ausgequetscht. Wäre es sinnvoll, wenn Münchener Polizisten ihre Arbeit koordinieren würden?"

„Ich stehe lieber aufrecht. Nennen wir es eine lästige Zeugenbefragung. Kennen Sie diese Aufnahmen?"

Wolfgang Loiperdinger zog mehrere zerknitterte Fotos aus der Jackentasche. Der Polizist strich die Aufnahmen mit dem Jackenärmel glatt und legte sie an die Tischkante.

Friderike Kuhlmann zog eine Lesehilfe aus dem Brillenetui. Die Seniorin beugte sich über die Bilder.

„Ich nehme bemerkenswert anmutige Motive auf diesen welligen Fotos wahr. Mir gefällt glatte, schokobraune Männerhaut. Gott hat mir übrigens nicht bloß ein ausgeprägtes ästhetisches Empfinden geschenkt, sondern vor allem ein feines Riechorgan. Sie stimmen mit mir überein, wenn ich ein Fenster öffne."

„Finden Sie das witzig? Sie zeigen Ihrer Enkelin vorsätzlich provokante Bilder. Das Mädchen wird wegen Verdacht auf Kreislaufkollaps und Schock im Spital behandelt."

„Jenifer tut mir leid. Konnte ich ahnen, dass unser sensibles Herzchen überreagiert? Seit wann ist es verboten, Fotos zu schießen, zu speichern oder zu versenden? Mit ist kein Paragraph bekannt, der solch harmlose Tätigkeiten ahnden würde. Ansonsten wäre es deutschen Richtern unmöglich, ihren verdienten Feierabend zu genießen."

„Lassen Sie die Spielchen. Sie quälen Ihre Enkelin mit kompromittierenden Fotos. Warum weichen Sie mir aus?"

Wolfgang Loiperdinger schluckte. Die Augenbrauen des Kommissars zogen sich zusammen. Er erinnerte sich einer perversen verwandtschaftlichen Straftat aus dem vorigen Jahr.

Ein Mann hatte seinen Sohn beschuldigt, ihn krankenhausreif verprügelt zu haben. Prompt folgte eine Strafanzeige wegen Körperverletzung. Später kam heraus, dass der dominante Vater den dreißig Jahre Jüngeren als Konkurrenten im Kampf um dessen Freundin ausschalten wollte und eine verlorene Schlägerei im Rotlichtmilieu als Vorwand benutzt hatte, seinen Jungen ans Messer zu liefern. Am Ende verplapperte sich der Verdächtige in einer stundenlangen Vernehmung und wurde der Falschaussage überführt.

Der Polizist strich sich über den struppigen Bart. Ein Lächeln andeutend schaute er der Seniorin direkt in die Augen.

Friderike Kuhlmann richtete die frisch gelegte Frisur aus und erhob sich langsam mit nach oben gerecktem Haupt.

Die rüstige Frau stolzierte zum Fenster. Einen tiefen Seufzer ausstoßend, öffnete sie beide Flügel.

„Es stinkt entsetzlich nach Alkohol. Ich trinke keine Gehirnzellen zerstörenden Flüssigkeiten. Doch lassen wir die Nickligkeiten. Sie strengen mich an. In meinem Alter bekommt man schnell Migräne, wenn man sich aufregt. Diese Fotos wurden aus mehreren Boxen geschossen. Auf dem Betriebsgelände und in allen Zimmern sind Fotoapparate installiert. Meine Technikwunder bannen alle Bewegungen im Beobachtungsfeld auf Zelluloid. Am Morgen nach dem Sport werte ich Ergebnisse aus. Ab und an überraschen mich meine Aufnahmen."

Die Seniorinnenhand zeigte zur Decke. Ihre spöttelnde Mimik verriet, dass sie ihr Gegenüber verachtete.

Wolfgang Loiperdinger glotzte auf die Kameras. Ohne Hinweis wären ihm diese winzigen Dinger nicht aufgefallen. Drei Geräte kontrollierten jeden Raumwinkel.

Außer dem Ticken der Standuhr war kein Geräusch zu vernehmen.

Der Polizeibeamte überlegte, eine Frage einzuschieben, besann sich hingegen wegen Brummschädel und nach oben dringender Magensäure eines besseren. Eine weitere Blamage wollte er sich ersparen. Heute war nicht sein Tag.

„Mich schmerzt, dass Jenifer die kompromittierenden Bilder gesehen hat. Es ist niemals meine Absicht gewesen, sie zu verletzen. Das müssen Sie mir glauben. Ihre Mutter treibt es mit vielen Männern. Von Zeit zu Zeit muss man der Wahrheit eben den Weg leuchten."

Die Greisin zeigte ein diabolisches Grinsen. Ihr Antlitz glich einer mittelalterlichen Hexenmaske.

Angewidert glotzte Wolfgang Loiperdinger auf eine Reihe Goldkronen.

„Warum haben Sie die Kameras installiert?"

„Zwei Gründe. Ich plane schon lange, meine Schwiegertochter des Ehebetrugs zu überführen. Zudem lungern bisweilen zwielichtige Gestalten auf dem Betriebsgelände rum. Im Erdinger Moos ist's einsam. Hunde lassen sich durch Fleisch wie Wurst bestechen."

Nachdenklich kratzte sich der Münchener Kommissar an der Nase. Grauer Wundschorf rieselte Richtung Boden. Von der Zeugin unbemerkt pustete der Polizeibeamte Hautpartikel von der Tischplatte.

Die Frau hatte recht. Es war ihr keineswegs vorzuwerfen, im eigenen Haus wie auf dem Firmengelände Kameras zu installieren, Fotos zu schießen, zu speichern und zu veröffentlichen, solange Individualrechte Dritter gewahrt blieben.

Nichtsdestotrotz hatte diese ausgebuffte Taktikerin geschauspielert. Er war überzeugt, dass die Seniorin ihrer Enkelin die ekelhaften Szenen vorsätzlich gezeigt hatte. Vermutlich beabsichtigte die Patronin, warum auch immer, die amouröse Beziehung Jenifer Kuhlmanns zu Felipe Gonzalez zu zerstören. Dafür nahm diese abgebrühte Greisin wissentlich gesundheitliche Schäden einer engen Verwandten in Kauf.

In den nächsten Tagen musste er mit seinem Chef herausfinden, was die Seniorin antrieb. Diese Person schien alle Menschen in ihrer Umgebung zu hassen und von Rachegelüsten durchdrungen zu sein.

Dem Kommissar reichte es. Nach einem knappen Gruß verließ Wolfgang Loiperdinger den Raum.

Fahrig nestelte er die Zigarettenschachtel aus der ausgebeulten Jackentasche. Neunzig nikotinfreie Minuten hatten seinen Brummschädel vollkommen zermartert.

Sekunden später schoss eine graue Rauchwolke zum tristen Münchener Herbsthimmel.

Wolfratshausen, "Schäftlarner Hof", 20. Oktober 2015, 18:30 Uhr
Die sportlich gekleidete Frau schlüpfte lautlos ins Hotelzimmer.

Eine Eckstehlampe spendete gedimmtes Licht. Dutzende Räucherstäbchen verteilten ihr süßliches Aroma im Raum. Drei folienverpackte Rasierklingen lagen auf dem Nachttisch neben einem Häufchen weißem Pulver.

Felipe Gonzalez saß ausschließlich mit Boxershorts bekleidet im Schneidersitz auf dem frisch bezogenen Doppelbett. Sein muskulöser Oberkörper schimmerte.

Die Besucherin schmiss Jacke sowie T-Shirt auf den Boden und warf sich aufs Bett. Gierig streichelte sie die glatte Gesichtshaut des Beaus und küsste ihn leidenschaftlich auf den Mund.

Die Frau stülpte ihre Lippen über Felipe Gonzalez' aufgestellte Brustwarzen und liebkoste mit der Hand kreisend seinen Waschbrettbauch. Ein verschlagenes Lächeln huschte über das makellos dunkelhäutige Männergesicht. Der Lateinamerikaner stöhnte leise auf. Ruckartig presste er die Geliebte an seinen Astralkörper.

„Ich mag dich ausgehungert."

„Du ahnst nicht, wie sehr ich mich nach meiner brasilianischen Boa gesehnt habe."

„Ich weiß. Wann ziehen wir endlich nach Salvador de Bahia? Ich will uns meiner Familie als Paar vorstellen. Mein Vater hat gestern angerufen. Der Patron verliert seine Geduld."

„Gib uns noch wenige Monate."

„Ich will keine Zeit vergeuden! Lass es uns anpacken und ein neues Leben in meiner Heimat beginnen."

„Du möchtest eine Pferdezucht bewirtschaften. 50.000 Euro reichen niemals aus. Wir müssen mehr Geld auftreiben."

Die Halbnackte lag auf dem Bauch. Verführerisch spreizte sie makellos geformte Beine. Felipe Gonzalez sah, wie die Frau einen Finger in den Mund steckte und intensiv daran lutschte.

Den Lateinamerikaner übermannte die Lust. Theatralisch warf er die Hände zurück und hechtete aufs Bett. Die Sprungfedern der Matratze knarzten.

Mit festem Griff zog der Brasilianer seine Gespielin auf den Rücken. Leidenschaftlich küsste er die Brüste der Frau. Dann spreizte er ihre Beine und drang mit hartem Stoß in sie ein.

Stöhnend drehten die Augen Angelika Kuhlmanns zur Seite.

München, Nussbaumklinik, gerichtsmedizinisches Institut, 20. Oktober 2015, 19:00 Uhr

Der Hauptkommissar sah sich in die ein viertel Jahrhundert zurückliegende Studienzeit versetzt.

Gleißendes Licht aus riesigen Decken- und Wandscheinwerfern leuchteten jeden Winkel im vorderen Hörsaalbereich aus.

Rüdiger Rattelsberger stand mit weißem Kittel bekleidet auf dem Podest.

Die Lehrstunde war beendet.

Im Zeitlupentempo streifte der Gerichtsmediziner Plastikhandschuhe ab und schmiss sie in den Abfallbehälter.

Gregor Klar registrierte mit Entsetzen auf dem Tisch neben der Bahre einen rechteckigen, transparenten Kunststoffbehälter mit Sezierinstrumenten. Wenigstens bedeckte ein Leinentuch die Leiche. Lediglich die Füße des Toten lugten heraus.

Den Polizisten schüttelte es, als er sich vorstellte, was sich unter dem Stoff befand. Angewidert wandte er sich, die Hände in der Lederjacke versteckt, ab.

Am oberen Ausgang verließ eine stumme Runde Medizinstudenten den Hörsaal.

Die Augen des Hauptkommissars tränten wegen des beißenden Geruchs von Desinfektionsmitteln. Ihn fröstelte. Die Raumtemperatur lag im mittleren Zehngradbereich.

Der Gerichtsmediziner zuckelte dem Besucher entgegen. Sein Schlurfgang verursachte gleichmäßige Schleifgeräusche auf dem abgenutzten Parkett.

„Ich grüße Sie. Wie ist das werte Befinden? Was verschafft mir die Ehre eines so späten Besuchs?"

„Ist schon mal besser gelaufen. Können wir in die Lobby gehen? Ich habe ein paar Fragen wegen dieses Vergiftungsfalls."

Der Polizist hielt die Hand vor den Mund. Magensäure drängte nach oben.

Im Vorraum schlug den Männern wohltuende Wärme entgegen. Der Hauptkommissar plumpste, über die feuchte Stirn wischend, in den Sessel.

Der Gerichtsmediziner stellte ein Wasserglas auf den Tisch. Rüdiger Rattelsberger fiel stöhnend auf den Stuhl.

„Schießen Sie los."

„Es geht um vergifteten Fisch in einem ehemaligen Spitzenrestaurant. Die Zeitungen quollen über von Nachrichten. Eine unappetitliche Geschichte."

„Meine Gemahlin und ich ignorieren Boulevardblätter. Die meisten Pressebeiträge sind ohnehin Sensationshascherei, von Amateuren geschrieben. Fast alle Artikel bedienen stumpfe Vorurteile."

„Das Gspusi eines Bayernprofis wurde vor fünf Wochen nach dem Genuss von Steinbutt komatös in die Nussbaumklinik eingeliefert. Sie wird bis heute stationär behandelt."

„Das passiert ab und an. Klingt nach Fischvergiftung."

„Ich spreche nicht über eine klassische Intoxikation. Das Tier enthielt Kokain. Können Meeres-, See- oder Flussbewohner Gift speichern?"

Der Hauptkommissar nippte am Glas.

Rattelsberger lehnte sich mit vor der Brust verschränkten Armen zurück. Die Lunge des Gerichtsmediziners bullerte wie ein erhitzter gedeckelter Kochtopf.

„Ich fröne seit vierzig Jahren der Aquaristik als Hobby. Fische sind Kaltblüter. Diese Tiere bestehen aus Muskeln, Knorpeln, Gerippe, Gewebehaut und Blutgefäßen."

„Was bedeutet das konkret in Bezug auf den kontaminierten Steinbutt?"

„Sie sind zu ungeduldig. Ich bin dabei, einen Gedankengang zu entwickeln. Mit fast siebzig erfordert das Zeit."

Der Hauptkommissar nickte. Gregor Klar bewunderte die stoische Ruhe des Kollegen und dessen feinen Humor. Er wünschte sich mit zunehmendem Alter genauso ausgeglichen zu sein.

„Rinder, Schweine, Hühner wie Fische können Toxika speichern. Damit sich Gift in Kaltblütern akkumulieren kann, ist es zwingend notwendig, dass zwischen Kontamination und Schlachtung höchstens eine Stunde verstreicht. Ansonsten würde das Lebewesen an den Toxinwirkungen verenden. Forscher haben die Erreger von Schweinepest, Hühnergrippe und Rinderwahnsinn erforscht. Warum sollte es nicht auch Junkiefische geben?"

„Klingt theoretisch plausibel."

„Meine Gattin und ich essen ausnahmslos vegetarisch. Wir beobachten Lebewesen viel lieber lebendig in der Natur oder im Aquarium als sie filetiert oder im Ganzen auf Tellern sehen zu müssen. Ich treffe Olga Punkt acht Uhr in der Wirtschaft um die Ecke. Ein Gentleman ist stets pünktlich."

Gregor Klars Hand strich gedankenverloren über Bartstoppel.

Rüdiger Rattelsberger's Ausführungen hörten sich logisch an.

Fische waren in der Lage, kurze Zeit zu überleben, nachdem sie verseuchtes Futter aufgenommen hatten.

Der Hauptkommissar kratzte sich am Hinterkopf. Warum fraß ein Plattfisch versehentlich Junk? Oder wurde das Dope absichtlich verabreicht? Wenn ja, wer könnte ein Interesse daran gehabt haben, so etwas zu tun?

Er würde die offenen Punkte mit Wolfgang Loiperdinger erörtern. Sein Mitarbeiter brauchte dringend eine intellektuelle Herausforderung.

München, Großmarkthalle, 21. Oktober 2015, 12:30 Uhr
Hundertdreißig einfach gekleidete Frauen, Männer und Kinder warteten bibbernd, am Eingang vorgelassen zu werden. Die meisten niesten. Seit sieben Tagen hielt eine Grippewelle Münchens Allgemeinärzte auf Trab.

Im überdachten Part des Geschäftsviertels befanden sich in Sichtweite der Hartz IV-Empfänger auf Biertischen und Bänken Lebensmittel neben Sachen des täglichen Bedarfs.

Unternehmer wie Privatpersonen stellten dreimal pro Woche in verschnürten Säcken verladene Kartoffeln wie Zwiebeln kostenlos zur Verfügung. Spinat und Porree lagen neben Paprika in offenen Netzen oder zusammengeknoteten Plastiktüten. Armenspeisungen in Deutschlands reichster Stadt waren bestens organisiert.

„Nummer vierundzwanzig!"

Ein lauter Ruf der „Münchner Tisch"-Chefin genügte. Unverzüglich kam Bewegung in die Menschenmeute.

Eine blonde Frau um die dreißig stoppte vor dem Stand. Schwer atmend streckte sie den an ihrem dünnen Hals baumelnden Ausweis vor. Eine Eins vor dem Querstrich mit der Null dahinter wies sie als kinderlosen Single aus. Geschwind raffte die Hartz IV-Empfängerin schmutzige Plastiktüten zusammen und humpelte auf einem Krückstock gestützt vor.

Mit hochrotem Kopf wuchtete Gregor Klar den Möhrensack auf eine brüchige Holzpalette. Seit sein Patenkind vor sieben Jahren an Multipler Sklerose gestorben war, kam der Hauptkommissar einmal pro Woche für vier Stunden zur Lebensmittelausgabe. Früher war er in Giesing stationiert gewesen. Heute galt es, die Premiere in Sendling zu bestehen. Dieser Standort lag fußläufig zu seinem Wohnort. Den

Freiwilligen im Großmarkt eilte ein miserabler Ruf voraus.

„Morgen. Gebt uns noch ein paar Minuten, Herrschaften. Wir müssen erst Karotten portionieren. Danach kann es mit der Ausgabe losgehen. Nun zu dir, Gregor. Nahrungsmittel niemals auf den Boden! Hast du je mit Obst oder Gemüse gearbeitet? Schaff die Sachen dort rüber."

„Ich wollte lediglich möglichst viele Boxen nah an die Tische stellen. Kundentaschen ließen sich leichter füllen. Wir müssten uns weniger anstrengen."

„Zum Kuckuck nochmal! Halbiere gefälligst das Herbstgemüse mit dem Messer und quatsch nicht rum. Dann machst du dich wenigstens nützlich."

Kratzbürste zeigte auf fünf Holzbänke.

Der Anpfiff dieser beschürzten Mittsechzigerin raubte dem Hauptkommissar jede Illusion eines diskussionsfreien Nachmittags in freundlicher Umgebung. Genervt rollten die Augen des ehrenamtlichen Helfers nach oben. Auf der Stelle hievte er den Karottensack über die Schulter und trottete Richtung Unterstand.

Burschikos fegte die waschechte Giesingerin mit dem Arbeitshandschuhrücken Schalenreste von der Bankplatte.

Dunkelroter Lippenstift verlieh dem zerfurchten Gesicht der angegrauten Frau einen Hauch Wärme. Das weiche Timbre ihrer oberbayerischen Stimme kontrastierte mit einem ungepflegten Äußeren.

Mit nach unten gesenktem Blick griff Gregor Klar zum Schneidwerkzeug. Nach einigen Minuten hatte er es endlich geschafft. Das Weißkohlnetz war aufgeschlitzt. Behutsam legte der Ehrenamtliche das Gemüse in eine mit Zeitungspapier ausgelegte Plastikbox.

Unvermittelt hielt ein weißer Lieferwagen französischer Bauart direkt vor dem Stand. Bremsen quietschten. Dutzende Spatzen flogen kreischend Richtung Isar.

Ein mit dunkler Kapuzenjacke und Jeans bekleideter Mann um die dreißig entstieg dem Peugeot und öffnete die Seitentür. Ohne sich umzuschauen schlüpfte er ins Wagenheck. Wenige Sekunden später stand der freiwillige Helfer freudestrahlend mit einer Kiste in Folie verschweißtem Schweinefleisch an der Ladekante.

Neugierig blickte der junge Kerl zum Kleinlaster.

Hannes Fioris Kopf lehnte aus dem Fenster. Von einer Sekunde auf die nächste schien der Blutdruck des Edelrestaurantbesitzers zu sinken. Aus hohlwangigen Augen glotzte er den Kriminalbeamten an. Unmittelbar darauf versank der Südländer im Sitz.

Die Lesebrille in die Stirn schiebend, zog die freiwillige Helferin ihre schmutzige Schürze fest.

Wortlos schleppten drei junge Männer Milchspeisenpakete und Frischhalteboxen aus dem Lasterheck ins mobile Kühldepot. Die Burschen befürchteten offensichtlich Kratzbürstes Wutausbruch, sollten die Lebensmittel nicht in spätestens fünf Minuten vorschriftsmäßig verräumt sein.

Gregor Klar deutete mit der Hand auf den Transporter.

„Kennst du diesen Mann?"

„Seit zwanzig Tagen. Fiero oder so ähnlich heißt der. Betreibt ein Edelrestaurant in Stadtmitte. Dieses Kerlchen stellt uns seit drei Wochen hochwertige Lebensmittel zur Verfügung. Normalerweise beliefern uns Supermärkte, Bäckereien, Fleischereien oder Kantinen."

„Hast du dich schon mal mit ihm unterhalten?"

Die Frau nickte lebhaft, einen Bund Kohlrabi in der Hand schwenkend. Mit zur Seite geneigtem Kopf zwinkerte sie dem Hauptkommissar zu.

„Der Fiero war verzweifelt, fast den Tränen nahe. Für sein ökonomisches Desaster ist ein vergifteter Steinbutt verantwortlich. Die Münchner Boulevardpressemeute ist ihm an den Hacken. Auf dem Gasthof lastende langfristige Bestellpflichten sorgen ihn. Aber mal ehrlich. Im Grunde tut er mir leid. Warum muss dieser Typ büßen, wenn irgendeine Pappnase ungenießbare Ware zustellt? Doch sei's drum. Einen Vorteil hat die Geschichte. Unsere Kunden kriegen Woche für Woche Qualitätsware. Wer weiß, ob das weiterhin so bleibt."

Kratzbürste packte eine Weißkohlhälfte in Plastik und knotete die Tüte fest doppelt zu.

Inzwischen hatte der Kleinlasterfahrer hinter dem Steuer Platz genommen. Das Fahrzeug setzte sich in Bewegung. Hannes Fiori blieb unsichtbar. Gedankenverloren schaute der Kriminalbeamte dem Transporter nach.

Er fasste zusammen.

Kratzbürste hielt den Gastronom für schuldlos. Ihrer schroffen Logik war einiges abzugewinnen. Vielleicht fand sie den Südländer attraktiv oder kehrte verdrängte Muttergefühle aus dem Innersten hervor. Die ungepflegte Alte durfte nicht wählerisch sein, sobald es um Männer ging.

Fies grinste der Hauptkommissar vor sich hin.

Morgen würde er diesem Italiener auf den Zahn fühlen. Dem Geschäftsmann schien die vorige Situation peinlich gewesen zu sein.

München, Klinikum Rechts der Isar, 21. Oktober 2015, 19:45 Uhr
Ein Gonzalez hatte es weder nötig zu schauspielern noch übertrieben zu schmeicheln. Nach kurzem Flirt mit der drallen Mitvierzigerin hinter der Empfangstheke durfte der Jungbrasilianer trotz abendlichen Besuchsverbots passieren.

Flink schob er seinen Astralkörper ins Krankenzimmer. Plötzlich hielt der Beau inne. Das gedimmte Neonlicht irritierte. Seine Augen waren gezwungen, sich an die Dunkelheit zu gewöhnen.

Die Geliebte saß aufrecht im Bett. Auf dem Nachttisch stand neben drei Packungen Schlaftabletten ein unberührtes Essenstablett. In Möbel und Vorhänge hatten sich Desinfektionsmittel gefressen. Der frisch gebohnerte Linoleumboden glänzte.

Jenifer Kuhlmann starrte den Ex-Freund aus feuchten Augen an. Backenknochen stachen aus dem hohlwangigen, leichenblassen Mädchengesicht hervor. Die Tochter des ermordeten Teichwirts hielt leise schluchzend ihre Hände vor der Brust verschränkt. Ihr verweintes Gesicht drehte zur Seite.

Felipe Gonzalez knetete kürzlich perfekt manikürte Hände.

Der Brasilianer entnahm dem Rucksack eine in Silberfolie eingewickelte Schachtel und legte sie auf den Tisch. Im nächsten Moment strich er der zitternden Frau über wuschelige Haare.

Er war sich im Klaren. Die nächsten Sätze würden entscheidend sein. Der junge Lateinamerikaner hatte die Szene seit Sonntag dutzende Male vor dem heimischen Spiegel geübt. Seine Augen schimmerten schwarz.

„Hey Jenifer. Bitte nimm meine Entschuldigung an. Deine Mutter und ich haben bloß einmal miteinander geschlafen. Es zermürbt dich, grübelnd in die Vergangenheit zu schauen. Ein Optimist blickt nach vorn. Wir werden bald genug Kohle für unsere Zukunft zur Verfügung haben. Lass uns ein neues Leben in Salvador de Bahia beginnen. Ich möchte dich heiraten, eine Familie gründen und viele Kinder und Kindeskinder aufwachsen sehen. Vertrau mir."

Felipe Gonzalez senkte den Kopf. Er zwang sich, die ineinandergelegten Hände vor dem Oberkörper still zu halten. Die einstudierte Geste sollte seinem Ausdruck Demut verleihen. Der junge Lateinamerikaner spürte das Herz bis zum Hals pochen.

„Du musst mich verlassen. In fünfzehn Minuten kommt der Stationsarzt zur Abendvisite. Ab achtzehn Uhr ist es verboten, Besuch zu empfangen", wisperte Jenifer Kuhlmann, zur Tür linsend.

Die Patientin schlug die Oberdecke zur Seite und erhob sich. Ihre Lippen zuckten. Ungläubig öffnete sie das Päckchen und roch an der Schokolade. Für eine Sekunde huschte ein Lächeln über ihr verheultes Gesicht.

Felipe Gonzalez war bester Laune.

Seine jüngste Geliebte hatte ihm geglaubt und den Betrug mit der eigenen Mutter verziehen. Der Brasilianer hatte nicht in den kühnsten Träumen zu wagen gehofft, sie durch lediglich wenige samtig gesprochene Sätze, ein paar geprobte Gesten und etwas Süßem umzupolen. Das Mädchen war tatsächlich der Illusion erlegen, er würde sie ehelichen. Solange seine jüngste Gespielin dies glaubte, würde sie ihm sämtliche maßgebliche Hinweise aus ihrer Familie zutragen.

Felipe Gonzalez musste es schaffen, das weiße Pulver direkt vom Lieferanten zu beziehen und in München zu versilbern. Natürlich würde der Schönling ohne deutsche Frau wegziehen, sobald er eine Million Euro geschachert hatte. In Südamerika gierten tausende hübsche Mädchen nach ihm. Er war stolz auf sich.

Karlsfeld, Fischzuchtbetrieb „Aquakult", 21. Oktober 2015, 23:10 Uhr
Anton Streichs tagesfinaler Kontrollgang lag über neunzig Minuten zurück. Der gewissenhafte Oberbayer hatte wie jeden Abend sämtliche Deckenbeleuchtungen gedimmt, die Außenlampen auf Sparmodus geschaltet und sich in den Feierabend verabschiedet.

Jack und Clint schliefen tief und fest.

Friderike Kuhlmann gluckste leise vor sich hin. Sie hatte dem Liegebedürfnis der Hunde nachgeholfen. Selbst ausgewachsene Dobermannrüden reagierten umgehend auf Beruhigungstropfen.

Um den Seniorinnenhals hing ein Fernglas. Im dreihundert Meter entfernten Wohnhaus schien alles ruhig zu sein.

Ein Krähenjunges hatte sich vom Fischgeruch locken lassen und knallte mit voller Wucht gegen den hölzernen Fensterrahmen.

Die alte Frau zuckte zusammen. Friderike Kuhlmanns Augen verfolgten den in Wellenlinien wegfliegenden Nachwuchsrabenvogel.

Sie durfte keine Zeit verlieren. Bald würden die Hunde aufwachen und Witterung aufnehmen. Die Seniorin entledigte sich des Rucksacks und hing ihn an die Leiterspitze.

Im Becken sprudelte es aus provisorisch eingehängten Pumpen.

Tausende Aale schwammen kreuz und quer durcheinander. Wasser spritzte aus dem Bassin. Auf dem Betonboden glitzerten großflächige Flüssigkeitspfützen.

Friderike Kuhlmann stieg, feuchte weiße Haarsträhnen zurück streichend, mehrere Sprossen höher. Morgen würde Max das Becken zum Güterbahnhof fahren.

Für einen Augenblick vibrierten die Knie der Seniorin. Ihr durfte jetzt kein Lapsus unterlaufen. Mit Bedacht hob die Siebenundsiebzigjährige ein Dutzend Kameras aus dem Ranzen und legte sie auf ein an der Leiter eingehängtes Tablett. Akribisch prüfte sie jede Linsenschutzhaut.

Der Rabenvogel krachte erneut gegen den Fensterrahmen. Betäubt stürzte er in eine Pfütze schmutzigen Wassers.

Kopfschüttelnd zurrte die Greisin mehrere Fotoapparate mit Drähten an der oberen Innenseite des Kunststoffbehältnisses fest. Fünfzehn Minuten später stand sie keuchend neben dem Wasserbassin.

Bald würden die Kameras ihr Werk verrichten und Beweise liefern.

Friderike Kuhlmann tippte den Code ins Display, um die Steuerung zu aktivieren. Die Seniorin stülpte sich die Wollmütze über den Kopf und schlich zum Wohnhaus. Das Betäubungsmittel ließ die Hunde schlafen. Beruhigt schloss sie die Tür auf.

München, „Accurata"-Zentrale, 22. Oktober 2015, 12:30 Uhr
Westwindböen tobten zwischen den Bürohochhäusern. Ein Ast krachte neben dem Kommissar ins Gestrüpp.

Wolfgang Loiperdingers Augen flogen nach links und rechts. Der Niederbayer schnippte einen Zigarettenstummel ins Gebüsch.

Versicherungen beschäftigten Reinigungstrupps. Eine Kippe mehr oder weniger spielte keine Rolle. Der Kommissar war ein ordnungsliebender Mensch, doch bei diesen Geldschneidern verdrängte die Wut sein schlechtes Gewissen.

Blitzschnell schob er mit der Schuhspitze von Hausgärtnern zum Winterschutz aufgeschüttete Schwarzerde über den Tabakrest.

Der grimmige Blick des Kripomanns blieb an der hundert Meter hohen, glitzernden Hochhausglasfassade hängen.

Seit einem Jahrzehnt erhielt er Ende November Post aus Köln. Der Rückkaufswert seiner in sechs Jahren fälligen Kapitallebensversicherungspolice sank stetig.

Der vor Vertragsabschluss eloquent auftretende Makler residierte im noblen Herzogpark. Wolfgang Loiperdinger hatte dem Assekuranzbroker im Internet nachgeschnüffelt. Dessen Facebook–Profil offenbarte einen luxuriösen Lebensstil. Zweihundert Quadratmeter Wohnfläche, hochglanzlackierte Designerküche, Garage mit SUV und Sportwagen wie randvoll gefüllter Weinkeller sprachen Bände.

Olav Grieb stand hinter vier silbern schimmernden Drehkreuzen.

Der Versicherungsangestellte glich mit athletischer Figur, blauen Augen wie blonder Scheitelfrisur dem TV–Ideal der Assekuranzwirtschaft aus dreißig Jahren visueller Dauerberieselung.

„Herr Loiperdinger benötigt keinen Ausweis. Ich unterschreibe Ihnen diesen lächerlichen Wisch."

Der Anzugträger entriss dem hinter dem Schalter sitzenden blau Livrierten das Papier. Drei Sekunden später segelte der Unterschriftenzettel auf die Theke.

Der Sicherheitsmann ließ mit kreidebleichem Gesicht den Bogen in einer grauen Kladde verschwinden.

Schüchtern lächelnd strich sich die südländisch wirkende Wachfrau pechschwarze Locken in den Nacken. Wie von Geisterhand gesteuert öffnete sich das linke Gitter.

„Geht doch. Ich grüße Sie. Wir haben den Raum „Franken" reserviert. Wir sind eine bodenständige Versicherung mit bayerischen Wurzeln. Sämtliche Besprechungsräume tragen Namen unserer stolzen Regierungsbezirke oder Städte."

Ein schmallippiges Lächeln gewährend, reichte Olav Grieb dem Polizisten eine Hand. Intensiver Parfumgeruch lag in der Luft.

Der Kommissar streckte dem Versicherungsangestellten seine schlaffe Rechte entgegen. In Marschformation trottete er ihm hinterher.

Der Tagungsraum versprühte mit weißblauem, hunderte Mal sorgsam gereinigtem Teppichboden mittlerer Qualität nüchternen Branchencharme. Drei einfach kunststoffbeschichtete Rechtecktische mit farblich passenden Stühlen ließen das Zimmer überfüllt wirken. Natürlich war Rauchen verboten.

Ächzend fiel Wolfgang Loiperdinger in den einzigen Ledersessel. Der Polizistenrücken meldete Kreuzaufschlag auf defekter Sprungfeder. Schmerzerfüllt verzog der Kommissar das Gesicht.

„Ergonomie ist keine Stärke Ihres Hauses."

„Was darf ich Ihnen Gutes tun? Möchten Sie Kaffee oder Tee?"

Der Versicherungsmann schenkte aus einer silbernen Kanne ein.

Der Kripomann winkte ab. Der gestrige Schnapsbudenbesuch mit seinem besten Kumpan hing ihm in den Knochen.

„Wir ermitteln in einem Tötungsdelikt."

„Sie wünschen kein Warmgetränk und ermitteln in einem Mordfall. Ich dachte, Herr Kuhlmann hat sich umgebracht."

„So kann man sich irren. Das Opfer wurde laut gerichtsmedizinischem Bericht erschlagen."

„Erschlagen? Warum kommen Sie zu mir?"

Olav Griebs Augen flackerten. Der Modellathlet rieb sich seine feuchten Hände. Das Eau de Parfum vermischte sich mit Schweiß zu einer stinkenden Geruchsmischung.

„Wie standen Sie zu Friedrich Kuhlmann?"

„Zu ihm gestanden? Vor zwölf Monaten bin ich belohnt worden. Meine kongenialen Vorschläge zur Restrukturierung unsres Anlageportfolios haben die Geschäftsführung hundertprozentig überzeugt. Herr Doktor Brikowski hat mich postum zum Bereichsleiter Beteiligungsmanagement befördert. Zuvor arbeitete ich als Underwriter fast ohne Kundenkontakt. Sie haben vermutlich keine Ahnung über diese Berufsspezies. Wirtschaftsmathematiker ermitteln mithilfe komplexer Modelle objektspezifische Risiken. Unsere Zahlen sind entscheidend, um Wagnisprämien zu berechnen. Mein Unternehmen versichert Fischtransporte von „Aquakult" in die USA. Die Versicherung hält Anteile an Kuhlmanns Laden. Ich habe den Alleineigentümer in Kaufverhandlungen erlebt. Ein kluger Mann. Mit anscheinend tragischem Ende."

„Halten Versicherungen gewöhnlich Anteile an Fischzuchtbetrieben?"

„Gewöhnlich? Für einen außenstehenden Laien mag das auf den ersten Blick so wirken. Ich antworte mit einer Gegenfrage. Welche Anlagen erwirtschaften gegenwärtig noch auskömmliche Renditen für unsere geschätzten Kapitallebensversicherungskunden? Der aktuelle Garantiezins beträgt hundertfünfundzwanzig Basispunkte. Ich fürchte, Sie haben von diesem finanzmathematischen Fachbegriff bis jetzt nichts gehört. Hundert von denen sind ein Prozent. Zehnjährige Bundesanleihen bringen aktuell zweiundzwanzig Basispunkte. Wir rechnen mit fallenden Zinsen. Die Europäische Zentralbank wird in den nächsten Jahren mehr Geld in den Markt pumpen.

Der Vorstand verlangt höhere Investmentrenditen. Wenn wir keine höhere Verzinsung als unsere Wettbewerber erzielen, kündigen rebellierende Kunden ihre Lebensversicherungen oder bieten sie dubiosen Aufkäufern auf dem sogenannten Zweitmarkt zu lächerlichen Kursen an."

„Mein Verständnis für Ökonomie ist limitiert. Ich kann den von Ihnen eindrücklich aufgezeigten Zusammenhängen nicht folgen. Hat sich bewahrheitet, was Sie prognostiziert haben?"

„Ihre Ahnungslosigkeit ist nachvollziehbar. Assekuranzgeschäft ist anspruchsvoll. Fachtermini sind ausschließlich Wirtschaftsprofis verständlich. Durfte ich etwa einen Branchenbegriff in Ihrer Frage vernehmen, oder sind meine Ohren einer Sinnestäuschung unterlegen? Drücken wir es simpel aus: wir bewegen uns im definierten Zielepfad."

Der Hinterkopf des Kommissars schmerzte. Das lag ursächlich an dem Fatzken gegenüber und weniger am gestrigen Besäufnis. Dieser arrogante Anzugträger schwafelte. Außerdem stellte der Versicherungsmann jedem Satz einige Wörter aus der vorab gestellten Frage Loiperdingers voran. Das nervte kolossal.

Vermutlich beabsichtigte er, rhetorisch einstudiert, Zeit für die Entgegnung zu gewinnen. Der Kommissar ließ das letzte Jour Fixe mit seinem Chef Revue passieren. Dieser hatte ihm denselben kläglichen Sprachstil vorgehalten. Der Kommissar gelobte Besserung, damit ihn sein Boss in Ruhe ließ. Natürlich änderte er nichts.

„Fischladungen zu versichern ist ein profitables Geschäft für mein Unternehmen. Staatliche Bürgschaften garantieren uns auskömmliche Renditen ohne down-size-risk. Darüber hinaus rückversichert Euler Hermes die Transporte. Oder einfach ausgedrückt: falls die Tierchen unterwegs abhanden kommen, springt der Steuerzahler ein."

„Kapiere. Sozusagen eine ewige Rente."

„Ich höre einen weiteren Fachbegriff. Haben Sie sich Ihr ökonomisches Halbwissen in der BILD-Zeitung angelesen, indem Sie Überschriften überflogen haben? Ewig währt nichts, weder im Leben noch in der Wirtschaft. Wir reiben uns die Hände, weil „Accurata" doppelt kassiert. Unsere Versicherungsleistung für den Kunden Kuhlmann ist hundertprozentig durch den Fiskus gedeckt. Überdies schüttet das Unternehmen Dividende aus."

Olav Grieb lachte aus vollem Halse.

Die breite Lücke in der oberen Zahnreihe dieses aalglatten Geldschneiders war dessen zweites Manko. Wolfgang Loiperdinger verzog den Mund. Mit hinter dem Kopf verschränkten Händen räkelte er sich im Ledersessel. Seitdem die Befragung begonnen hatte, amüsierte sich der Kommissar über die Fistelstimme seines Gegenübers.

„Ich verstehe. Mir reicht es für heute."

„Für heute?"

Der einen Meter neunzig große Versicherungsangestellte gaffte den Besucher an. Es hatte den Anschein, dass er über den unvermuteten Abgang des Kripomanns verärgert war.

Einen Gruß nuschelnd schlich der Kommissar von dannen.

Auf den ersten Blick schien Kuhlmanns Fischfabrik mit dem Assekuranzunternehmen eine normale Geschäftsbeziehung gepflegt zu haben.

Olav Grieb hatte fachlich einiges auf dem Kasten. Der Bereichsleiter zeigte dem Polizeibeamten wie unausstehlich er ihn fand. Diese Abneigung war beidseitig.

Wolfgang Loiperdingers Krimilogenhirn meldete, dass dieser eiskalte Karrieretyp mehr über die Hintergründe Friedrich Kuhlmanns Tods wusste, als er preisgeben wollte. Der Niederbayer beschloss, Otto Holtkötter aus dem Auto anzurufen. Der Wirtschaftskriminologe hatte gestern angeregt, die Bücher von Kuhlmanns Fischzucht und die Kontobewegungen zwischen dem Unternehmen und der „Accurata" auf Unregelmäßigkeiten zu prüfen. Eventuell konnten sie Grieb nach der Analyse etwas anhängen.

München, „Accurata"-Zentrale, 22. Oktober 2015, 13:15 Uhr

Olav Griebs Herz klopfte bis zum Hals. Der Vorrangschlüssel hakte im Schloss. Vor einer Woche hatte er Doktor Brikowskis Privatexemplar entwendet und es für fünfhundert Euro beim Hinterhofservice in der Dachauer Straße nachmachen lassen.

Endlich schloss die Lifttür.

Der Dreißigjährige legte den roten Knopf um. Seine Knie schlotterten. Beißender Schweißgeruch breitete sich aus.

Ohne Halt brachte ihn der Aufzug in die oberste Etage. Der Versicherungsangestellte entledigte sich des verschwitzten Sakkos. Aus weiser Voraussicht hielt er immer ein zweites Wechselhemd und Deodorant im Schrank bereit. Die Augen des Singles irrten umher. Er drückte die Smartphonetaste.

Die Aufzeichnungsansage linkte ihn.

Olav Grieb schnaubte. Im nächsten Moment riss er das Mobiltelefon erneut ans Ohr.

„Dieser naive Bulle hat die Versicherungsnummer gekauft. Lass uns die nächsten Schritte besprechen. Ruf mich bitte zurück", presste er ins Handy.

Der Bereichsleiter legte das Mobiltelefon auf die Kommode. Seine Gesichtszüge entspannten. Der Feierabend nahte. Sechs Stunden Tagesarbeit war genug. Das Fitnessstudio wartete auf ihn.

München, „Ristofisch", 23. Oktober 2015, 11:40 Uhr
Gregor Klar stand vor dem Sternerestaurant.

Sämtliche Fettdruckbuchstaben auf der im Glaskasten hängenden Speisekarte verschwammen.

Der Hauptkommissar trat einen Schritt zurück. Er kramte einen zerknautschten Flyer aus der Hosentasche.

Münchens angesehenste Augenklinik köderte potenzielle Kunden mit Dumpingangeboten. Ein brillenloses mit Anzug, Bügelhemd und modischer Krawatte bekleidetes Männermodel hielt eine schwarzhaarige Rassefrau im Arm. Der Neunundvierzigjährige nahm sich vor, die Lockofferte am Abend online zu checken. Er wollte beide Augen lasern lassen. Ein Schauspielergesicht durfte weder durch Plastik noch Horn oder Metall verunstaltet werden.

Der Polizeibeamte steckte die Werbung ins Jackenrevers. Sein Puls hatte sich beruhigt.

Ausnahmslos alle Gerichte im Aushang klangen verlockend.

Eine kommode Preisgestaltung bezweckte, Gäste vom Betreten des ehemaligen Speisetempels zu überzeugen. Hannes Fioris Lokal war menschenleer.

Der Kriminalbeamte orderte Gemüsepasta mit gemischtem Salat und ein alkoholfreies Erdinger Weißbier.

Die korpulente Bedienung verzog keine Miene. Schweigend nahm ihm die kleine Frau eine handgeschriebene Speisekarte aus der Hand und walzte zur Theke.

Der blasse Restaurantbetreiber trabte seiner Dirndl bekleideten Angestellten entgegen. Kaum wahrnehmbar nickte er ihr zu.

Der Gast nahm eine Spur Wohlwollen im Blick des Halbitalieners wahr.

Hannes Fiori inhalierte aus der Küche strömenden süßlichen Duft geschmorter Lammkeule. Kerzengrade blieb er neben dem gedeckten Tisch stehen.

Der Verdächtige hatte sich bei der ersten Vernehmung abgebrüht präsentiert. Die „Münchner Tisch"-Begegnung machte Gregor Klar stutzig. Entweder war der Halbitalianer schüchtern oder wünschte seine zu Ruhe haben, weil er etwas zu verbergen hatte.

Der Hauptkommissar entschied, den Lokalbetreiber zu provozieren. Unter Druck gaben unsichere Zeugen meist fallrelevante Informationen preis.

„Buongiorno. Ich nehme an, Sie sind hier, um unser formidables Essen zu genießen. Eine exzellente Wahl."

„Grüß Gott. Ich bin neugierig, was Ihre Spitzenköche auf den Tisch zaubern. Ich mag es, störungsfrei zu dinieren. Mir gehen krakeelende Menschen an Nachbartischen auf den Geist."

„Die Lügenpresse hält das Vergiftungsthema am Köcheln. Täglich lesen unsere geschätzten Gäste Horrormeldungen über totbringende Fische. Das ist der einzige Grund, warum sie unser Spitzenhaus zurzeit meiden. Das wird sich bald ändern."

Eine leichte Röte kroch den Hals des Gastronoms hinauf. Hannes Fioris schwarze Lederslipper wippten im Rhythmus leiser Hintergrundmusik. Seine Stirn glänzte fettig.

„Werden Nudeln und Salat aus Ihrer Küche problemlos verdaubar sein? Meine Pasta ist seit zwanzig Minuten überfällig. Sehen Sie ein Getränk auf dem Tisch?"

„Wollen Sie mich etwa kränken? Unsere Starköche bereiten sämtliche Gerichte ausnahmslos frisch zu. Wir überzeugen durch Qualität. Durchschnittliche Holzpizzerien oder Trattorien, die Tiefgefrorenes oder Vorgekochtes servieren, gibt es leider zu Hauf in der Stadt."

„Kommen wir, formulieren wir es mal so, zum Geschäftlichen. Der Ermordete hat sich seiner Frau am Todestag anvertraut. Warum wollte das Opfer sie am Abend seiner Ermordung an ihrem Arbeitsplatz treffen?"

„Vernehmen Sie einen Zeugen oder beehren Sie unser Spitzenetablissement, um kulinarische Spezialitäten zu genießen? Sie haben mir eine ähnliche Frage bereits beim letzten Besuch gestellt. Ich wundere mich. Wann fällt Ihnen was Neues ein?"

„Nennen wir es ein Arbeitsessen. Mit knapp fünfzig geht schon mal das eine oder andere Detail verloren. Im Übrigen. Warum sollte Kuhlmann seine Frau anlügen? Also, wo waren Sie am Abend des sechzehnten?"

„Angelika irrt. Ich habe Null Ahnung, warum sie Ihnen das erzählt. Womöglich beabsichtigt sie, die Polizei auf eine falsche Fährte zu locken. Die beiden führten eine miserable Ehe. Fritz hat mich nicht aufgesucht. Ich bin um Zehn im Bett gelegen. Meine Buchhalterin ist grippekrank. Am Nachmittag habe ich Lebensmittel geordert und lästigen Bürokram erledigt."

Die Küchentür öffnete summend.

Tonne glotzte gelangweilt in den Gastraum. Ein Bukett gegrillten Lammfleischs vermengte sich mit dem Aroma krosser, mit Butterschmalz zubereiteter und durch Knoblauch verfeinerter Bratkartoffeln. Dem Polizeibeamten lief das Wasser im Mund zusammen. Ihn ärgerte, die Pasta gewählt zu haben.

Schmallippig lächelnd verabschiedete sich Hannes Fiori.

Die Konturen des Restaurantchefs waren vom Platz des Hauptkommissars durch die Lücke zwischen Ficusbaum und Bambusstöcken bestens erkennbar. Unbeholfen machte sich der Halbitaliener hinter der Pflanzenwand zu schaffen.

Ein frischer Luftstrom lenkte Gregor Klars Aufmerksamkeit zur Eingangstür. Gespannt hielt er den Atem an.

Der junge Mann rieb zur Begrüßung beide Wangen an die des kleineren Halbitalieners. Zügig schob ihn Fiori in die Küche.

Der Hauptkommissar sprang auf.

Tonne walzte laut schnaufend mit dampfenden Nudeln und Schneider Weißbier auf dem Tablett heran.

Die Automatiktür schloss. Der Kriminalbeamte erblickte einen sportlich bekleideten Mann.

Es war Felipe Gonzalez.

München, „Danesi Café", 23. Oktober 2015, 15:50 Uhr

„Bin beim Onkel gewesen. Sorry für die Verspätung."

Felipe Gonzalez hing seine Armani-Herbstjacke sorgfältig über den Kleiderbügel. Kein Schmutzpartikel sollte das dunkelgrün schimmernde Designerstück beschmutzen.

Beschlagene Fenster verhinderten den Blick auf die Müllerstraße. Laut schwatzend flutete eine Studentenclique den vierzig Quadratmeterraum. Nasskalte Herbstluft wehte ins aufgeheizte überfüllte Café. Sekundenlang war keinerlei Unterhaltung möglich.

Der bärtige dunkelhäutige Taxifahrer hatte seinen Mercedeskombi auf den Gleisen gedreht. Ein knapp vierzig Meter langer Trambahnwagen der Siebzehner-Linie schob quietschend achtundvierzig Tonnen Leergewicht in die Kurve. Der rotgesichtige, dicke Straßenbahnwagenfahrer betätigte nach einer Vollbremsung über sechzig

Sekunden eine nervtötende Klingel.

„Gin Tonic mit viel Eis und ein Pellegrino ohne Gas, bitte."

„Ausgesprochen gerne."

Hüftschwingend stolzierte die Mittzwanzigerin hinter den Bartresen. Mit kokettem Lächeln strich sie nackenlange rubinrote Haare zurück.

Jenifer Kuhlmanns dünne Arme baumelten über der Stuhllehne. Scheu blickte das leichenblasse Mädchen zu ihrem Partner auf.

Zärtlich sah Felipe Gonzalez seine Freundin an.

Besonnen hob er die junge Frau aus dem Stuhl. Der Brasilianer streichelte sacht ihren Rücken. Im nächsten Moment drückte er seine Geliebte an die Brust.

„Was ist los? Die Trauer über deinen Papa wird bald deiner Lebensfreude weichen. Ich liebe dich. Vergiss das nie."

„Ich hasse Mama. Sie ist für mich endgültig gestorben. Die Schlange hat dich verführt. Ich will nichts mehr mit ihr zu tun haben."

Energisch nickend entließ der junge Lateinamerikaner seine Freundin aus der Umarmung. Mit einem Papiertaschentuch rieb er die Stuhlsitzfläche sauber und nahm Platz. Mit hinter dem Kopf verschränkten Armen lehnte sich das dunkelhäutige Männermodel breitbeinig zurück.

Vorsichtig nippte die Zwanzigjährige am dampfenden Espresso. Wenige Sekunden später wanderten ihre Augen unruhig umher.

Eine Meute bärtiger Burschen um die zwanzig hatte schweigend das Café betreten.

„Ich habe die letzten Tage wie in Trance gelebt. Schritt für Schritt kommt die Erinnerung zurück. Papa hat sich mir drei Tage vor seinem Tod anvertraut."

„Was hat dir dein Vater erzählt?", raunte Gonzalez, sich nach vorne beugend. Aus den Augenwinkeln beobachtete er die dunkel bekleidete Südländergruppe.

„Irgendwie hängt es mit seiner Ermordung zusammen."

„Sprich zu mir, Jenifer, bitte!"

„Mama hat es oft mit ihrem Lover getrieben! Du hast ja bloß einmal mit ihr gepennt."

Jenifer Kuhlmanns schluckte den dicken Kloß im Hals runter. Ihre aufgerissenen blassgrauen Augen bettelten um Bestätigung.

Nörgelnd zog die männliche Studentenschar von dannen.

Eine heftige Herbstwindböe trieb Dutzende braungelber Birkenblätter durch die geöffnete Cafétür. Eine Straßenbahn der 16er-Linie donnerte ohrenbetäubend die Müllerstraße hinunter Richtung Viktualienmarkt.

Augenblicklich waren unzählige Schweißperlen auf der Stirn von Gonzalez erschienen. Der Brasilianer rutschte auf dem Stuhl hin und her.

„Hör mal, meine Kleine. Du irrst. Deine Mama ist eine tolle Persönlichkeit. Sie hat ihren Partner geliebt. Wir haben einmal miteinander geschlafen. Geli war in dieser Zeit sexuell unbefriedigt."

„Papa hat ein Heroinpaket in der Butten-Halle gefunden. Kurz darauf sind plötzlich mehrere Portionen Kokain im Zuchtbecken geschwommen. Unsere Plattfische haben die Plastikhäute angeknabbert. Der Stoff hat sich mit Wasser vermengt. Außerdem soll Mama krumme Sachen drehen. Sie ist mit ihrem Lover aus der Versicherung in Drogengeschäfte verwickelt", presste die junge Frau heraus.

„Das ist ja ein Ding! Was willst du unternehmen?"

„Zur Polizei gehen!"

„Lass das. Wenn die Bullen Wind von der Sache bekommen, verstärken sie ihre Ermittlungen. Deine Mum hat mit der Beerdigung viel um die Ohren. Sie braucht Ruhe. Komm, lass uns den 18ner nehmen. Wir gehen in Schwabing schick essen. Dort kommst du auf andere Gedanken. Hier ist es zu laut."

Die gertenschlanke Bedienung tänzelte heran. Mehrere Tassen Milchkaffee und drei Augustiner Helle für den Nachbartisch standen auf dem Speisenbrett.

Felipe Gonzalez roch eine Prise frisch aufgelegtes Parfum. Genüsslich sog er mit geschlossenen Augen den süßlichen Duft ein.

„Wollt ihr Hübschen noch was bestellen?"

„Ich muss mal für kleine Prinzessinnen. Passt du auf meine Handtasche auf, bitte? Es geht schnell."

Gonzalez nickte geistesabwesend. Plötzlich sprang der Jungbrasilianer auf und fuhr sich durch die Mähne.

Jenifers Kuhlmanns Vater hatte vor seinem Tod über illegale Praktiken im Umfeld von „Aquakult" gemutmaßt. Mit Sicherheit ging die Polizei davon aus, seine Freundin sei noch einige Zeit nicht vernehmungsfähig im Krankenhaus ans Bett gefesselt. Er musste alles dafür tun, dass die Beamten in ihrem Glauben blieben. Seine labile Geliebte würde sich verplappern, sobald sie von der Kripo vernommen wurde. Dieser penetrante Hauptkommissar durfte ihm keinesfalls auf die Schliche kommen.

Felipe Gonzalez schnippte mit den Fingern.

Kopfüber schoss die katzenhafte Barschönheit heran.

Der Vierundzwanzigjährige zahlte wortlos.

Schmollend zog die Bedienung Richtung Nachbartisch weiter.

München, Aberlestraße, 26. Oktober 2015, 17:00 Uhr
Gregor Klar hatte den Kollegen freundlich gebeten, ihn nach Hause zu chauffieren. Inzwischen bereute er seine Frage.

Wolfgang Loiperdinger kurbelte die Rückenlehne zurück.

Wischer reinigten im Intervallmodus die Frontscheibe des silbergrünen BMWs. Das Dienstfahrzeug parkte auf dem Seitenstreifen.

Der Stoppelbärtige biss in eine nach Brät wie süßem Senf duftende Leberkäsesemmel.

Genervt betätigte der Hauptkommissar den elektrischen Fensterheber. Klamme Herbstluft drang ins Wageninnere. Der Kripomann fegte Brötchenbrösel Richtung Fahrersitz.

„Verrätst du mir, warum du so mies gelaunt bist, Chef?"

„Holtkötter hat die Bankkonten von „Accurata" sowie sämtlicher Eigentümer der Fischfarm geprüft. Einer seiner zuvorkommenden Mitarbeiter hat mir Freitagabend alle relevanten Auswertungen in drei randvoll gefüllten Schuhkartons zukommen lassen. Dieser sture Bote ist erst abgezogen, nachdem ich ihm einen überflüssigen Bestätigungswisch unterschrieben habe."

„Ottos Mannen wissen eben über deinen Wochenenddatenfetisch Bescheid. Die kennen dich seit Jahren. Ich mag sie alle."

Wolfgang Loiperdinger knautschte das vom Metzgereifachverkäufer zum Leberkäsesemmelschutz verschwenderisch spendierte Aluminiumpapier zusammen und ließ es schmatzend in der Hosentasche verschwinden. In einem Zug leerte der Kommissar die Halbliterapfelsaftflasche und wischte mit dem Ärmel über den Mund.

Die zusammengekniffenen Augen Gregor Klars fixierten die Fahrzeugdecke. Beim nächsten Jour Fixe würde der Tagesordnungspunkt Alltagsbenehmen ganz oben auf der Agenda stehen.

„Übrigens. Die olle Kuhlmann hat regelmäßig Kohle an den ehemaligen Familienhausarzt überwiesen. Monat für Monat erhielt unser geschätzter Doktor Mosbacher seit 2008 fünftausend Euro. Das summiert sich über die Jahre auf Vierhundertzwanzigtausend, zinslos natürlich. Mich würde es außerordentlich erstaunen, wenn dieser Arzt seine staatsbürgerlichen Pflichten missachtet hätte. Ich rede von der fälligen Einkommensteuer."

„Hast du tatsächlich Akten gelesen? Respekt. Die Geldtransfers Kuhlmanns deuten auf großzügige Dankbarkeit hin."

Feixend stopfte Wolfgang Loiperdinger die dreckige Serviette in den Aschenbecher. Eine süßliche Mischung aus Brät und Apfelschorle verbreitete sich im Fahrzeug. Lautes Rülpsen folgte.

„Musst du jedes Mal ein Bäuerchen machen, wenn du was getrunken hast? Ich find's peinlich. Aber lass uns über Interessanteres sprechen. Dieser Gonzalez hat im ersten Halbjahr 2008 als Praktikant in der „Wittelsbach Bank" gearbeitet. Im April des Jahres ist das Konto unseres Arztes eröffnet worden. Seitdem fließt regelmäßig Kohle. Wir werden Mosbacher erneut auf den Zahn fühlen. Ich möchte von ihm hören, wofür er die Asche erhalten hat. Danach knöpfen wir uns den Schönling vor."

„Geht klar, Chef."

Gregor Klar tippte eine Hand an die Schläfe und stieg kopfschüttelnd aus dem Dienstfünfer.

Loiperdingers Benehmen stank ihm gewaltig. Der Hauptkommissar hatte seinem Kollegen trotz knapper Kassenlage fünf Verhaltensseminare finanziert. Doch dieser sture Niederbayer ignorierte das Signal. Permanent eckte er in Vernehmungen mit seinem schnoddrigen Mundwerk an oder fiel durch schlechte Manieren unangenehm auf.

Längst zeigte Klars innerer Kompass Alarm. Respektloses Kollegenverhalten war ein großes Risiko für das eigene Vorankommen. Es bestand die Gefahr, dass sich ein gesellschaftlich angesehener Zeuge beim Oberstaatsanwalt über ungebührendes Benehmen dieses niederbayerischen Stinkstiefels beschwerte. Doktor Schulte würde dem Hauptkommissar unverzüglich wegen fehlerhaftem Führungsverhalten einen Karrierestopp verpassen.

Er hatte keine Wahl als seine Vorgesetztenrolle aktiver anzunehmen und den gefassten Plan schnellstens umzusetzen. Eine Frau gehörte ins Team. Weiblicher Charme würde Loiperdinger auf Spur bringen. Es war dessen allerletzte Chance. Ansonsten musste sich der Mann darauf einstellen, als Streifenpolizist in Bayrisch Zells Zentrum Hundehalter gegen Bußgeldandrohung auf die vorschriftsmäßige Beseitigung von Kot in DIN–genormten Plastiktüten hinzuweisen.

München, Maxburgstraße, 27. Oktober 2015, 9:00 Uhr

Manchmal geschahen sogar bei der Münchner Kripo Wunder. Wolfgang Loiperdinger war Büroerster.

Frisch rasiert saß der Mittvierziger aufrecht hinter seinem Schreibtisch.

Annette Dirolf steckte ihm feixend eine ans Dezernat adressierte ausreichend frankierte Postsendung ohne Absender zu. Der gestrige Eingangsstempel der zentralen Prüfstelle wies das Schreiben als sicherheitstechnisch unbedenklich aus.

„Dich hätte ich zu dieser nachtschlafenden Zeit als letzten erwartet. Aus welchem Grund bist du denn dermaßen früh aus den Federn gekrochen?"

„Morgen Annette. Mein altes Fitnessstudio in der Lindwurmstraße hat mich wieder. Ich trainiere seit kurzem zweimal die Woche. Auf gewohnten Alkohol zu verzichten bedeutet früher ins Bettchen und um sieben raus aus der Kiste. Das hat mir in vier Wochen zehn Kilo Gewichtsverlust beschert. Nur den Zigaretten konnte ich noch nicht abschwören."

„Ist an mir vorbeigegangen. Doch Respekt. Und nun? Trinkst du Kaffee, oder soll es leicht temperiertes Wasser sein?"

„Für mich einen zuckerlosen Schwarzen, keinen Kinderkaffee bitte. Ziemlich kalt draußen. Guten Morgen übrigens. Ich spüre harmonisches Einvernehmen im Kollegenkreis."

„Geht klar, Boss. Ich eile."

Zita schlich mit gesenktem Kopf ums Eck und trottete nach einem Nervositätsschüttler Richtung Küche. Betagte Hundedamen waren immer auf Futtersuche.

Gregor Klars dunkelgrauer Herbstmantel der aktuellen Baldessarini-Kollektion hing neben dem farblich stimmigen Merinoschal derselben Marke an der Garderobe. Unzählige Rhodesian Ridgeback-Fasern hatten sich in den feinen Überzieherstoff gefressen.

Wolfgang Loiperdinger legte augenrollend Kuvert wie Schreiben auf den Tisch.

Dirolfs anbiedernde Kolleginnenart widerte ihn an. Er beschloss, Marita in der Pause anzurufen. Am Abend würden sie die geplante Intrige gegen die Konkurrentin konkretisieren.

Grienend zog der Hauptkommissar ein papierumhülltes Backstück aus der Aktentasche. Im nächsten Moment vernahm er ein Keuchen.

Otto Holtkötter lehnte im Türrahmen. Abgekämpft fasste sich der Wirtschaftskriminologe an den Hals. Herausstehende Adern zeigten, wie erregt der Mann war.

Gregor Klar biss ins Schokocroissant. Blätterteigreste rieselten auf den Kollegenschreibtisch. Der Hauptkommissar deutete dem Ostwestfalen mit der Hand, einzutreten. Er schlang den Gebäckrest hinunter und wischte sich mit der Papierserviette sorgfältig über den Mund.

Schweigend stellte Annette Dirolf Kaffeetassen ab. Mit gesenktem Haupt schlich die Dreißigjährige aus dem Büroraum.

„Schau nicht so verfressen, Loipi. Du bist auf Diät. Ich jogge seit einem viertel Jahrhundert dreimal die Woche. Für mich ist eine Zusatzration Butter drin. Lass uns lieber daran teilhaben, was im Brief steht. Otto hört mit."

„Womit habe ich das verdient?"

Daumen und Zeigefinger des Kommissars strichen über tiefe Augenhöhlen. Der Gewichtsverlust ließ Wolfgang Loiperdingers Kopf geschrumpft erscheinen.

„Die Nachricht besteht aus vier Sätzen, ist in Minor Pro geschrieben. Ein anonymer Schreiberling behauptet, die „Accurata" sei in Drogengeschäfte verwickelt. Olav Grieb organisiert den Transport."

„So einen Schmarren habe ich noch nie gehört. Da macht sich einer wichtig. Typisch Trittbettfahrer. Warum sollte eine Versicherung in Drogen machen?"

Otto Holtkötter zuckelte nach Atem ringend in den Dienstraum. Mit einer Hand tastete der Wirtschaftskriminologe im Sakkorevers nach der Sprühdose.

„Das Rauschgift wird von der deutschen Nordseeküste übers Meer in die USA transportiert."

„Unsinn. Wasserschutzpolizei oder Zoll prüfen jede im Hafen gelöschte Schiffsladung. Amerikaner sind Profis, wenn es um Drogentransporte geht."

„Grundsätzlich plausibel, Otto. Wir lassen dies Schriftstück trotzdem auf Spuren analysieren, um auf Nummer sicher zu gehen. Vielleicht finden die Jungs uns bekannte Fingerabdrücke. Eine Frage bleibt allerdings unabhängig davon, ob der Schrieb eine Finte ist. Warum schwärzt der Absender Olav Grieb bei der Kripo an?"

„Wahrscheinlich um einen lästigen Konkurrenten zu erledigen."

Wolfgang Loiperdinger zuckte mit den Schultern. Gemächlich schob der Polizeibeamte den Brief ins Kuvert.

Otto Holtkötter hing vornübergebeugt über der Stuhllehne. Der Münsteraner sprühte zitternd eine Dosis Medikamentenspray in den Hals. Erleichtert holte er tief Luft.

Gregor Klar verzog das Gesicht und strich sich übers Kinn.

Der Hauptkommissar zweifelte, ob die Sendung die Ermittlungen voranbringen würde. Diese Geschichte klang grotesk. Vermutlich hatte Loiperdinger recht. Ein Versicherungsangestellter neidete einem verhassten Konkurrenten Erfolg und beabsichtigte, ihn auszuschalten.

Seine Gedanken wanderten zu Jessica.

In einer Stunde müsste der zottlige Wochenbart dran glauben. Der frisch Verliebte beabsichtigte, griechischen Kumpanen seine Eroberung vorzustellen. Vielleicht kam ihm bei Gyros und Ouzo eine Erleuchtung, wie am geschicktesten mit nervenden Vorgesetzten umzugehen war. Doktor Schulte hing ihm im Nacken. Münchens Chefankläger hatte ihn offiziell aufgefordert, ihn täglich über den Ermittlungsstand in Kenntnis zu setzen. Dass dieser Schleifer schrieb, deutete auf baldigen größeren Ärger hin.

München, Südliche Auffahrtsallee, 27. Oktober 2015, 17:30 Uhr

„Ein wenig blass um die Nase, unser geschätzter Herr Doktor."

Wolfgang Loiperdinger prüfte den Sitz der Dienstpistole.

Der Kommissar streckte seinen Oberkörper. Lediglich sechs Stunden musste er noch durchhalten. Dann lag der erste Tag seit vier Jahren ohne Zigarettenkonsum hinter ihm.

„Ist halt nicht mehr der Jüngste. Deine Waffe darfst du in der Koppel lassen."

Der Gartentoröffner summte.

Günther Mosbacher kauerte unter dem wettergeschützten Hausvorbau. Mit griesgrämigem Gesichtsausdruck wies der pensionierte Allgemeinmediziner den Kripobeamten per Handzeichen ihren Weg zum Gebäude.

Beide Polizisten sprinteten zeitgleich los.

Dicht fallender Nieselregen war einem orkanartigen Herbstschauer gewichen. Fünf Kilometer entfernt blitzte es am Horizont. Wenige Sekunden später kündigte dumpfes Grollen das schwerste Gewitter seit Monaten an.

Eine leise Frauenstimme empfing die Besucher im Windfang. Der freundliche Ton überraschte die Beamten positiv.

„Grüß Gott, meine Herren. Bitte vertrauen Sie mir Ihre Jacken an. Ich werde die Stücke im Bad verräumen. Dort trocknen die Überhänge. Sie werden beim Abschied warme Kleidung in Empfang nehmen können."

Gregor Klar musterte die Arztgattin.

Ihre zurückhaltende Gesichtsschminke passte zur einfarbigen Stoffhose und optisch kompatiblen Seidenbluse.

Mit spitzen Fingern nahm sie triefendnasse Dienstkleidungen entgegen. Wortlos stolzierte die Dame aus dem Wohnraum.

Knisterndes Feuer loderte im offenen Kamin. Die Kripomänner traten mit dem Hausherrn ins angenehm temperierte, dreißig Quadratmeter messende Wohnzimmer.

Wolfgang Loiperdinger rieb sich die Hände.

„Ich komme mir wie damals bei meiner Straubinger Oma vor."

„Verschone mich mit niederbayerischen Sentimentalitäten aus deiner Jugend", giftete Klar.

„Üben Sie – zugegebenermaßen sehr unprofessionell – eine good guy–bad guy-Vernehmung ein, oder was soll das Ganze? Ich denke, wir unterhalten uns im Stehen. Liegen werde ich bald lange genug, fürchte ich."

Die Polizisten stutzten. Das Gehör des pensionierten Allgemeinmediziners funktionierte einwandfrei.

Drei Meter zwanzig Deckenhöhe ließen den Mann winzig erscheinen. Der Hauptkommissar entschloss sich, den Zeugen ohne Umschweife anzugehen. Er hatte ihn lange genug unterschätzt.

„Ich habe Ihnen telefonisch unseren Besuchsgrund avisiert. Erinnern Sie sich an Hans Kuhlmann? Der Fischzüchter ist auf tragische Art vor siebeneinhalb Jahren ums Leben gekommen. Warum überweist seine Ehefrau seit April 2008 Monat für Monat Geld auf Ihr Konto?"

Der hochbejahrte Mann zuckte wie ein heftig von einer Gerte geschlagenes Arbeitspferd zusammen. Auf einen Schlag wich alles Rosige aus dem Greisengesicht. Günther Mosbacher wackelte zum Kamin. Seine zuckende Hand richtete den Halogenspot auf eine bronzene Männerskulptur aus.

Hinter der angelehnten Tür vernahmen die Polizisten Tellerklappern. Bratengeruch strömte in den Wohnsalon.

Ein tiefer Standuhrklang ertönte.

„Hans Kuhlmann war mein bester Kamerad. Jede Woche feuerte er seinen älteren Bruder und mich an, wenn wir für den Hamburger Sportverein Eishockey spielten. Ende der Fünfziger zogen Hannelore und ich nach München. Unser beider Eltern wohnten in Geretsried. Wir pflegten sie mehrere Jahre."

Gregor Klar räusperte sich. Dem Hauptkommissar war unbegreiflich, wie dieser zierliche Mann Pucks getroffen oder Bodychecks überlebt hatte.

„Anfang der Sechziger erbte ich ein Fünf-Hektar-Grundstück im Erdinger Moos. Kein Mensch ahnte damals, dass die bayerische Staatsregierung einige Jahre später den Franz-Josef-Strauß-Flughafen bauen lassen sollte. Niemand orakelte über die Olympischen Spiele in München. Land kostete einen Appel und Ei. Hans Kuhlmann und sein Sohn flehten mich an, ihnen die Liegenschaft zur Verfügung zu stellen. Sie brannten darauf, sich mit einem Fischzuchtbetrieb selbständig zu machen. Hamburger haben zu Wasser und allem, was darin schwimmt, krabbelt oder treibt, ein intensiveres Verhältnis als die Südmenschen. Am Ende schenkte ich ihnen das Land."

Der Alte strich über feuchte Augen.

Entweder schauspielerte Günther Mosbacher phantastisch oder sprach die Wahrheit. Gregor Klar strich sich übers glattrasierte Kinn. Warum sollte ein junger Mann derartig altruistisch handeln?

Mit vollem Tablett hatte Günther Mosbachers Gattin mit angehaltenem Atem hinter der Tür mitgehört. Es machte den Anschein, die elegant gekleidete Frau würde den richtigen Zeitpunkt abpassen, um ins Zimmer zu treten.

„Warum haben Sie das Grundstück ohne Gegenleistung hergegeben? Sie hätten es verpachten können."

„Ich bin Mediziner und kein Großgrundbesitzer. Die Immobilienverwaltung brockte uns eine Menge Arbeit ein. Der Boden lag brach. Nach der Schenkung blieb ich Hausarzt der Familie. Trotzdem war ich deprimiert. Außer einem Dankesschreiben drückte die Familie null Wertschätzung aus. Das änderte sich erst, nachdem Hans Kuhlmann verunglückte. Plötzlich war die Sippe auf mich angewiesen. Als mein Freund starb, war kein Arzt in der Nähe. Ich fuhr nach Karlsfeld und stellte den Totenschein aus. Die Erben meines Spezis wurden steinreich. Das Grundstück grenzt an den Franz-Josef-Strauß-Flughafen. Die Immobilienpreise explodierten. Vermutlich plagte die Familie ein schlechtes Gewissen. Friderike Kuhlmann besuchte mich nach der Beerdigung und bot mir eine Verzinsung des Grundstücks an. Hätten Sie eine solche Offerte abgelehnt? Die Hausunterhaltung verschlingt Tausende. Gärtner, Hausdame, Pflegedienst verursachen hohe Kosten."

„Wollen die Herren ein Stückchen Frankfurter Kranz? Ich habe frisch gebacken. Unsere lieben Enkelkinder kommen in einer Stunde vorbei. Einige Kuchenschnitze könnte ich entbehren."

„Bedauerlicherweise müssen wir ihre Einladung ablehnen. Der nächste Termin wartet."

Der Kripomann rekapitulierte.

Die Medizinergeschichte klang abwegig. Allerdings sagte Gregor Klars Intuition, dass der pensionierte Arzt die Wahrheit sprach.

Annette würde morgen beim Katasteramt anrufen und prüfen, ob Mosbacher die Immobilie verschenkt hatte oder log.

Es erschloss sich Klar nicht, warum Kuhlmanns Witwe seit 2008 ausgesprochen großzügig zahlte. Niemand verschenkte freiwillig eine halbe Million Euro in sieben Jahren ohne erkennbares Motiv. Der Hauptkommissar hüstelte. Am Abend würde er ein Erkältungsbad nehmen und auf die Zigarre verzichten.

Der Endvierziger dachte an die morgige Verabredung mit seiner neuesten Errungenschaft. Hoffentlich war Jessica in der Lage, Hühnersuppe mit Gemüseeinlagen zuzubereiten.

Listig griente der Polizist vor sich hin.

Karlsfeld, Wohnhaus neben „Aquakult", 28. Oktober 2015, 10:10 Uhr
Die drei Frauen saßen an der sparsam gedeckten Frühstücksrunde. Außer Käse und Brot befand sich lediglich frisch geräuchertes Aalfilet eigener Produktion auf den Tellern.

Blütenstaub eines darbenden Lilienstraußes rieselte auf die graue Decke, sobald ein Fuß ans Tischbein stieß.

Die auf Hochtouren laufende Ölheizung knarzte.

Jenifer Kuhlmann goss ihrer Großmutter aus der weißen Kaffeekanne Oberpfälzer Porzellanmanufaktur ein.

„Reich mir die Butter rüber."

„Kennst du das Zauberwort?"

„Nein!"

Äußerlich ungerührt biss Angelika Kuhlmann ein Stück mit Edamer belegte Schwarzbrotschnitte ab.

Im nächsten Moment fühlte sie ihre Eingeweide. Pochende Schläfen drückten auf das Gehirn.

Die materielle Situation der Versicherungsangestellten war desaströs. Angelika Kuhlmann hatte über fünfzehn Jahre Monat für Monat dreiviertel des Nettogehalts ins Unternehmens des Gatten investiert, ohne im Gegenzug werthaltige Eigentumsrechte zu verlangen. Sie war wegen dieses unverzeihlichen Fehlers am Boden zerstört. Der ermordete Ehemann hatte das gesamte Vermögen seiner Mama vererbt. So stand es im Testament. Die zweifache Mutter war sich sicher. Ihre ärgste Feindin würde sie aus dem Haus werfen, sobald der getötete Ehemann begraben war. Bis ans Lebensende würde die Witwe mittellos bleiben.

Die Fünfzigjährige erinnerte sich an intensive psychotherapeutische Sitzungen vor zehn Jahren.

Der Arzt hatte empfohlen, sich in kritischen Situationen körperlich zu betätigen oder angenehme Vorstellungswelten aufzubauen.

Die zweifache Mutter träumte von einer perfekten Jugend. Ihre Familie reiste zu verlängerten Wochenenden ins eigene Ferienhaus am Comer See. Die vier genossen das beschwingte norditalienische Leben.

Angelika Kuhlmanns Puls beruhigte sich. Erleichtert schluckte sie eine butterlose Schnitte runter und griff zur Kaffeetasse.

„Ich habe zehn Urlaubstage eingereicht. Ein alter Kumpan von Fritz will um zwölf vorbeikommen. Georg ist Profi. Er stellt die Anlage neu ein. Mir ist das zu kompliziert mit der Technik. Außerdem muss ich auf der Bank dringende Angelegenheiten wegen Papas Erbschein erledigen."

„Komm mir nicht auf diese Art und Weise. Du hast dich nie für unser Vorzeigeunternehmen interessiert. Dir ist's einzig und allein wichtig gewesen, beruflich aufzusteigen. Fische sind primitiv. Tiere stinken. Das waren deine Worte!"

Friderike Kuhlmann war ihrer Schwiegertochter schroff ins Wort gefallen. Die Augenlider der Aktuarin zuckten.

Jenifer glitt das Schneidemesser aus der Hand. Klirrend fiel es aufs Parkett. Aus geweiteten Augen gaffte die junge Frau ihre Großmutter an. Im nächsten Moment sprang sie auf und hetzte zum Fenster. Entkräftet lehnte sich die Auszubildende auf den Sims.

Schwernasse Luft drang in den überhitzten Raum. Dicke Regentropfen knallten auf die Fensterrahmen.

Jack und Clint hoben, Käsegeruch witternd, die Köpfe. Schwanzwedelnd liefen die Dobermannrüden zum Tisch. Blitzschnell schleckten die Hunde Edamerreste vom Boden und rasten zur nächsten vermuteten Futterquelle.

Die Seniorin schlang ein geräuchertes Aalstück hinunter. Einige Fischfasern blieben zwischen Goldkronen und den wenigen Naturzähnen hängen. Ihre Zunge spürte die Essensreste sekundenschnell auf. Mit dem Fingernagel kratzte sie sie ab.

Der Wutanfall ihrer Gegnerin hatte Angelika Kuhlmann wieder belebt. Der Schläfendruck ließ nach. Kraft strömte in ihren Körper. Ein Schmunzeln überflog das schneeweiße Gesicht der Fünfzigjährigen.

„Ich entsinne mich nicht, dass sich meine Schwiegermutter jemals für die Firma eingesetzt hat. Dir geht's einzig und allein um gutes Aussehen. Du gierst nach ewiger Jugend, Botoxspritzen und Facelifting. Bekannte verspotten dich hinter deinem Rücken. Es ist lächerlich, schlaffe Muskeln mit einem weit über fünfzig Jahre jüngeren Coach zu trainieren."

Die Seniorin bekreuzigte sich. Für einen Sekundenbruchteil himmelte sie das Foto ihres verstorbenen Mannes an der Wand an. Der Greisenkörper vibrierte.

„Zu anmutigen Kerlen hast du schon immer gern intime Verhältnisse gepflegt. Du bist mannstoll."

„Papa ist erst wenige Tage tot und ihr streitet wie die Kesselflicker. Habt ihr einmal an mich gedacht? Euer Verhalten macht mich depressiv."

„Ich zitiere bloß, was die Menschen über deine Mutter tratschen. Nur wer stark ist, hält Wahrheit aus, auch wenn sie schmerzt. Aber du hast ein wahres Wort gesprochen. Lassen wir unseren Zwist ruhen. Soll ich dich zur Berufsschule fahren? Mein Orthopäde in der Schwanthaler Straße sehnt sich nach Umsatz."

Friderike Kuhlmanns Worte hatten die Angesprochene nicht erreicht. Ihre Enkelin war mit wenigen energischen Sprüngen aus dem Zimmer geeilt und hatte die Tür krachend zufallen lassen.

Die Seniorin stolzierte zum Fenster. Für heute reichte es. Sie hatte bewusst abrupt eingelenkt und nicht weiteres Öl ins Feuer gegossen. Siegessicher blickte sie auf ihre zusammengesunken am Tisch sitzende, nach Atem ringende Schwiegertochter. Alles lief plangemäß.

München, Großmarkthalle, 28. Oktober 2015, 12:30 Uhr
Ein spitzer Schrei traf die ehrenamtlichen Helfer ins Mark. Kratzbürstes schrille Stimme ließ keinen Zweifel aufkommen. Essensverteilung stand an.

Das Handy des ehrenamtlichen Helfers schoss von diesem mit Schürze, dickem Anorak und Kapuze bekleidetem Unikum ein Foto. Schmunzelnd betrachtete der Polizeibeamte die Aufnahme.

Der freiwillige Mitstreiter der „Münchner Runde" konnte nicht anders, als diesen Moment für Hauspostille und Privatarchiv festzuhalten. Insbesondere Monikas Mundbreite war beeindruckend.

Flugs sandte er eine MMS an Jessica. Für abendliches Amüsement war gesorgt.

Nachdem seine Freundin den Kochtest mit Auszeichnung bestanden hatte, traf sich das Paar abwechselnd in der Aberlestraße oder bei ihr. Übers ganze Gesicht strahlend ließ der Hauptkommissar das Mobiltelefon in der Jackentasche verschwinden.

„Wie ist das werte Befinden?"

„Mir geht's gut. Schneide den Erdapfelsack auf anstatt sinnlos rumzustehen und überflüssig zu fragen!"

Gregor Klar schätzte die Atmosphäre auf dem Großmarktgelände. Kratzbürste war ein lebendes Beispiel der freundlichen Weltstadt mit Herz.

Der freiwillige Helfer leerte eine beachtliche Anzahl Kartoffelknollen in die grüne Box, sorgsam darauf bedacht, keine Frucht auf den Boden fallen zu lassen. Kratzbürste würde ihn gleich standrechtlich exekutieren lassen, wenn auch bloß eine Erdbirne ihren Bestimmungsort verfehlte.

Frischer Bodengeruch bewegte sich in Richtung der ausharrenden Kundschaft. Das braune Staubwölkchen zog langsam an der Mittsechzigerin vorbei.

„Sapperlot! Schneid die Netze auf Paletten oder Bänken auf. Es ist verboten, Lebensmittel direkt auf den Betonboden zu stellen. Das schreiben städtische Hygienevorschriften vor!"

Der Hauptkommissar stöhnte auf. Er musste sich darauf konzentrieren, die Frau mit dem richtigen Namen anzureden.

„Hast du heute schon Hannes Fiori gesehen, geschätzte Monika?"

„Unser Polizist taut auf und spricht mit mir. Wird das eine Befragung? Wie weit seid ihr bei euren Ermittlungen?"

Hastig richtete die Helferin Bünde frischer Frühlingszwiebeln in einer braunen Pressspankiste aus. Mit in den Hüften gestemmten Armen glotzte sie den ehrenamtlichen Helfer an. Hellgraue Atemwolken zogen träge gen schwarzen Herbsthimmel.

Ironische Spitzen hatte der Hauptkommissar Kratzbürste nicht zugetraut. Offensichtlich las die alte Frau penibel alle Presseberichte über das Skandalrestaurant.

„Gleich kommt eine afghanische Mehrgenerationenfamilie an unseren Warenstand. Leron, ein aufgewecktes hübsches Kerlchen mit schwarzen Knopfaugen, ist der ganze Mutterstolz. Der Bub hat Fiori am Montag zugewinkt, als dieser Kühlwaren auslud. Das ist dem Lokalbesitzer peinlich gewesen. Du hättest sehen sollen, wie seine Birne geleuchtet hat."

Vom Haupteingang nahte die dunkle Masse Leistungsempfänger.

Der Ehrenamtliche war gezwungen sich zu sputen. In einer Minute würden Dritte mithören können.

„Er hat Fiori Mittwochmittag in einer neu eröffneten afghanischen Bar in der Pettenkofer Straße beobachtet. „Arabesaka" heißt der Laden. Lerons Vater betreibt ihn seit drei Monaten. Besitzer wie Gäste dealen mit Drogen."

Monika Laux formte beide Hände um ihren Mund zu einem ovalen Kreis. Kratzbürste erstaunte den Hauptkommissar aufs Neue. Bisher hatte er die unentgeltlich rackernde Frau ausschließlich kreischend oder missgelaunt erlebt.

„Servus. Was gibt's bei euch Gutes?"

Kundin Nummer eins war vor den Biertisch getreten.

Ein blasses, abgezehrtes Gesicht um die Fünfundvierzig blickte in prall gefüllte Gemüsekisten. Die ausmergelte Frau hielt nach vorne gebeugt ihre Hände ruhig hinter dem Rücken verschränkt.

„Grüß Gott. Sie können zwischen Kartoffeln, Gemüsezwiebeln, Kohlrabi und Paprika wählen. Den Ausweis bitte."

Die Hartz IV-Empfängerin straffte ihren schmalen Oberkörper. Schweigend ließ Kratzbürste nach kurzem Prüfblick drei Gemüseportionen in den Rucksack gleiten.

Überschwänglich dankte die einfach Gekleidete und schlich zum Nachbarstand.

Kratzbürste wandte sich mit roten Backen Gregor Klar zu. Erwartungsvoll musterte sie den Hauptkommissar.

„Was macht ein Edelrestaurantbesitzer halbitalienischer Herkunft in einem ranzigen Afghanenschuppen?"

Die ehrenamtliche Helferin schüttete einem alleinstehenden Bedürftigen um die Vierzig ohne Kinder drei Handvoll Kartoffeln in eine abgenutzte Plastiktüte.

Kommentarlos fuhr der dickbauchige Rollstuhlfahrer weiter.

„Italiener? Fiori ist brasilianischer Staatsbürger. Leron berichtete, eine Latinomeute hätte die Gaststätte gestürmt. Ein Hübscher, Mitte zwanzig, ist dem Jungen besonders aufgefallen. Er hat ihn an einen brasilianischen Fußballstar erinnert. Die Gäste haben vier Stunden mit Hannes Fiori verhandelt. Es ist laut zugegangen."

Damit hatte der Hauptkommissar nicht gerechnet.

Dieser Fünfundsechzigjährige gab den distinguierten Italiener. Der Mann pflegte sein Saubermannimage und beklagte, durch Münchens Boulevardpresse verunglimpft zu werden.

Kratzbürste behauptete hingegen, er sei ein sich in einer von Afghanen betriebenen Bar, in der Drogen gedealt wurden, rumtreibender Brasilianer. Offensichtlich hatte Felipe Gonzalez das Restaurant besucht. Vermutlich bestand eine Verbindung zwischen ihm und Hannes Fiori. Dazu passte auch die herzliche Begrüßung der Männer im „Ristofisch".

Der Hauptkommissar beschloss, den schillernden Sternelokalbesitzer vorzuladen.

Im nächsten Moment schoss ihm durch den Kopf, Loiperdinger und seine Assistentin zu ihrem ersten gemeinsamen Einsatz zusammenzuspannen. Sie würden morgen das afghanische Lokal observieren. Gregor Klar schmunzelte verschmitzt.

München, Maxburgstraße, 28. Oktober 2015, 15:45 Uhr
Das Zwischenhoch nach der „Münchner Tisch"-Szene war verflogen. Der Einsatzleiter schob Frust.
Es lief alles andere als rund.
Zwar hatte der Kriminalbeamte mit seinem Kollegen gehaltvolle Einzelinformationen über die Mordopfer wie deren Lebensumfelder gesammelt. Für eine belastbare These über Tatverdächtige und mögliche Motive reichte es dennoch nicht.

Das Münchener Katasteramt hatte Annette Dirolfs Frage schriftlich beantwortet. Die Beamten bestätigten Mosbachers Behauptung. Der Mediziner hatte die Karlsfelder Liegenschaft 1964 an Hans Kuhlmann überschrieben. Nach dessen Tod Anfang 2008 ging das Grundstück lastenfrei auf seine Angetraute über.

Die Afghanen hielten ihren Laden seit Tagen geschlossen und steckten in Kabul. Sie ließen sich erst nach der Rückkehr nächste Woche vernehmen. Loiperdinger hatte aus der ergebnislosen Befragung Olav Griebs berichtet. Antipathie reichte nicht, einen Verdächtigen zu verhaften. Im Übrigen mäkelte der ständig grantelnde Niederbayer früher oder später aus unerfindlichen Gründen nahezu an allen Menschen herum. Zudem hatte sich der Versicherungsangestellte nach Auskunft seiner Sekretärin in einen zehntägigen USA-Urlaub verabschiedet. Hinzu kam, dass Münchens erfahrendste Kriminologen auf dem anonymen Brief von gestern keine Fingerspuren identifizieren konnten.

Die Kripo tappte im dunklen. Bald würde die Zahl betrüblicher Presseanfragen zunehmen. Angenommen der Hauptkommissar konnte bis Ende der Woche keinen Tatverdächtigen präsentieren, würde Doktor Schulte von einer Minute auf die nächste sein oberbayerisches Ferienhausidyll verlassen und ihm die Hölle auf Erden bereiten.

Gregor Klar presste den grauen Telefonhörer ans Ohr.

„Hier spricht Rüdiger Rattelsberger."

„Doktor. Was verschafft mir die Ehre?"

„Finden Sie ein umgangssprachliches Synonym meines korrekten Namens inklusive Titel Ihrer Situation angemessen? "

Der Hauptkommissar schmunzelte.

Unverkennbar Ratte. Der humorige Rheinländer baute ihn auf.

Sobald der Gerichtsmediziner in die berufsspezifische, maßregelnde Dozentenrolle verfiel, folgten hervorragend recherchierte, für die polizeiliche Fallanalyse wertvolle Informationen. Das lehrte ihn eine jahrelange gedeihliche Zusammenarbeit. Der Hauptkommissar verzieh dem Kollegen sogar, dass er in diesen Momenten meist überheblich zickte.

Gregor Klar erschien das teigige Gesicht des Mittsechzigers vor Augen.

Die körperliche Verfassung des Gerichtsmediziners hatte sich in den zurückliegenden Wochen deutlich verschlechtert. Die Parkinsonkrankheit schritt rasend voran.

„Sandra Hochberger verstarb in der Nacht im Klinikum. Mein geschätzter Kollege Professor Grief hat mich vor wenigen Minuten telefonisch in Kenntnis gesetzt. Ihre Ermittlungen werden in schweres Fahrwasser geraten. Die Presse bekommt von solchen Sachen augenblicklich Wind."

„Kennen wir die Todesursache?"

„Die Patientin hat an extremen Krämpfen wie Durchfall gelitten. Offensichtlich war ihre Leber schwer angegriffen. Ob dieser Defekt als logische Folge der Vergiftung durch einen Junkiefisch zu interpretieren ist, werden wir bald erfahren. Die Arme lag seit Montag im Koma. Ich werde die Leiche heute Abend im gerichtsmedizinischen Institut obduzieren."

Abschiedsgrußlos schmiss Gregor Klar den Hörer auf die Gabel. Zu viele Negativnachrichten waren auf ihn eingeprasselt.

Bevor der Hauptkommissar auflegte, konnte er starkes Husten am anderen Ende der Leitung vernehmen.

Im nächsten Moment schämte er sich seiner Umgangsform.

Ratte würde recht behalten.

Der unnatürliche Tod des Herzblatts eines Bayernstars war ein gefundenes Fressen für die Münchener Journaille. Sobald die Presse vom Tod des Models und der Verbindung über das Spitzenrestaurant zu „Aquakult" und dem Mordopfer erfuhr, würde sie sich wie ein Hyänenrudel auf die Ermittler stürzen.

Ihn machte es wütend, dass Hannes Fiori die per Einschreiben zugestellte Vorladung missachtet hatte. Wenn der Brasilianer bis morgen nicht erschien, würde er nach ihm fahnden lassen.

Wolfratshausen, „Schäftlarner Hof", 28. Oktober 2015, 21:20 Uhr
Felipe Gonzalez spannte mit angehaltenem Atem die Bauchmuskeln an. Selbstzufrieden tastete er ein sich unter dem perfekt gewölbten T-Shirt abzeichnendes Sixpack ab. Den Brasilianer entspannte es, vor dem Spiegel zu posen. Ein wohliges Kribbeln lief den Athletenrücken herab. Bedächtig zog der junge Mann den Reißverschluss seiner grüngelb gestreiften Lieblingstrainingsjacke zu. Er plante, Punkt Mitternacht in Karlsfeld zurück zu sein. Seine jüngste Gespielin empfing ihn jeden Abend bei Kerzenlicht in Strapse.

„Grüß dich, Felipe. Ist mein brasilianischer Macho geil?"

Die Frau war dank Ersatzschlüsselkarte unbemerkt ins Zimmer geschlüpft. Leidenschaftlich umschlang sie den Angebeteten von hinten und schmiegte ihren Oberkörper an den breiten Sportlerrücken.

Für einen Moment schloss der Beau, die Zärtlichkeit genießend, die Augen.

Kurz darauf drehte sich Felipe Gonzalez um. Sanft schob er seine Sexpartnerin zurück. Den Lateinamerikaner schauerte, als er sich an das gestrige Telefonat mit seinem Vater erinnerte. Er musste unbedingt den Testosteronschub kontrollieren.

„Ich will mit dir reden. Setz dich bitte, meine Liebe."

„So hast du mich bis jetzt nie genannt. Was ist los?"

„Es geht ums Geld, das wir mit dem Stoff verdienen wollen."

Der Brasilianer starrte auf den braunen Teppichboden. Mit Eau de Toilette vermischter Schweißgeruch breitete sich im karg eingerichteten Hotelzimmer aus.

Angelika Kuhlmann verstummte. Wie in Schockstarre verharrte sie kniend vor ihrem Lover. Kraftlos baumelten die Hände der Fünfzigjährigen herunter.

Sekunden verrannen.

Plötzlich besann sich die ehemalige Wettkämpferin. Wie durch einen Elektroschock ins Leben zurückgeholt, sprang sie vor den Geliebten und presste beide Hände auf dessen Pobacken. Lüstern schaute sie dem Südamerikaner zwischen den Schritt.

„Warum brichst du unsere Vereinbarung? Sprechen ist erst nach dem Sex erlaubt. Es sei denn, wir reden schmutzig. Ich will dich tief in mir. Nur aus diesem Grund bin ich hier."

Angelika Kuhlmann ließ ihre Zunge tief im Ohr des Models kreisen.

Der Lateinamerikaner drückte die halbnackte Frau auf den Stuhl. Er hatte sich fest vorgenommen, dem Trieb standzuhalten. Sein Vater forderte gehaltvolle Informationen und stichhaltige Beweise.

„Heute sollte die Ladung zu den Amis raus. Aus dem Transport ist nichts geworden. Dein Versicherungskollege hat wegen des Mordes kalte Füße bekommen."

„Von wem hast du deine Hinweise?"

Angelika Kuhlmanns Gesicht hatte die Farbe des weißen Bettleintuchs angenommen. Sie presste ihre Knie an die Brust.

„Ist doch egal, woher ich es weiß. Seit gestern lagert unser Stoff in einem Versteck nahe Wilhelmshaven. Der Bauernhof ist unbewacht. Ich hol mir Ende der Woche mit Kumpels das Heroin und versilbere es in München. Dann besitzen wir genügend Kohle, um nach Bahia zu ziehen."

Der Latinomann verzog scheinheilig den Mund, mit der Hand die Augen verdeckend.

Er konnte sich in seine überemotionale Geliebte hineinfühlen. Sie befürchtete, er setze sich bei dem Raub größter Gefahren für Leib und Leben aus. Diese Vorstellung bereitete ihr panische Angst. In einer solch seelischen Notlage würde sie früher oder später die Namen sämtlicher Drogenlieferanten ausplappern. Danach war es eine Leichtigkeit, die Stoffproduzenten zu überzeugen, den Schnee direkt an ihn zu verkaufen. Ein bestens vernetzter brasilianischer Geschäftsmann zahlte besser und sorgte für eine höhere Nachfragemenge. Die Margen reduzierenden, lästigen Zwischenhändler wären ausgeschaltet. Vater wie Onkel könnten stolz auf ihn sein.

„Wie willst du das bewerkstelligen? Dein Plan ist verrückt! Der Stoff gehört Olav und mir. Wir haben ihn aus dem Nahen Osten herbeigeschafft. Mein Unternehmen kooperiert mit der GEZ. Wir bauen in Ländern des Nahen und Mittleren Ostens Versicherungsstrukturen auf."

Angelikas Kuhlmanns Worte hatten in Maschinenpistolenfeuergeschwindigkeit den Raum gefüllt. Die Witwenstirn glänzte fettig.

„GEZ?"

„Gesellschaft für entwicklungstechnische Zusammenarbeit. Eine Hamburger Institution. Sie koordiniert deutsche Entwicklungshilfe, entsendet Helfer und finanziert Projekte in Ländern, die man früher als Dritte Welt verunglimpft hat. Durch unsere Arbeit lernen wir Auswanderungswillige kennen, die rasch Freunde werden. Menschen aus dem Nahen wie Mittleren Osten sind dankbar und schenken gern. Manche Flüchtlinge führen Rauschgift erster Qualität im Tornister mit sich. Mit Asylsuchenden sickern auch Drogenkuriere nach Deutschland ein. Der gigantische Migrantenstrom spielt uns in die Karten. Von welchen Kumpels sprichst du?"

„Lass das meine Sorge sein. Ich muss los. Beim nächsten Treffen verrätst du die Namen aller Kuriere. Sonst lasse ich dich bei deinem Arbeitgeber auffliegen, meine Liebe. Ciao."

Der Sportler stürmte zur Tür.

Ins Hotelzimmer drängende Schneeluft wedelte frisch gewaschene Gardinen durcheinander. Blitzartig sank die Raumtemperatur um drei Grad.

Angelika Kuhlmann biss sich auf rot geschminkte Lippen. Sie fror. Tief verletzt knöpfte die Fünfzigjährige ihre Bluse zu und sah dem Angebeteten nach. Der rote Punkt auf der winzigen Kamera im Zimmereck blinkte viermal, bevor er erlosch.

Karlsfeld, Fischzuchtbetrieb „Aquakult", 29. Oktober 2015, 10:20 Uhr
Die silbergrüne Kombilimousine schoss mit hundertfünfzig Sachen auf der Bundesstraße Richtung Norden. Das Haus der Kuhlmanns war einen Kilometer entfernt.

Schadenfroh warf der Kommissar einen Blick in den Rückspiegel.

Erneut hatte Loiperdinger die beiden Schafhuberbuben und Kandlbinder abgehängt. Die drei mühten sich vergeblich, den Abstand zu seinem BMW zu verringern.

Er war in körperlicher Höchstform. Das regelmäßige Ausdauertraining zeigte endlich Wirkung. Der Polizeibeamte fühlte sich fit wie nie zuvor. Einzig die Flechte an sämtlichen Körperteilen sorgte ihn. Er kratzte sich Kruste vom Handrücken. Eine Wolke weißen Wundschorfs rieselte in den Fußraum.

Seit der Fünfundvierzigjährige regelmäßig Sport trieb, hatten die neurodermitischen Ausschläge drastisch zugenommen. Der Niederbayer nahm sich vor, bald den Hautarzt zu konsultieren. Möglicherweise reagierte sein Organismus negativ, weil er deutlich weniger Alkohol trank und maximal drei Zigaretten täglich rauchte. Ausnahmslos alle Kollegen würden ihn auslachen, wenn er diese abstruse These offenbarte.

Wolfgang Loiperdinger tastete nach dem Smartphone. Sogleich riskierte er einen kurzen Blick nach rechts. Das Handy hatte sich vollständig entladen. Ihn ärgerten die kurzen Nutzungszeiten moderner Mobiltelefone. Polizeifunk würde in den neuen Wagen mit stärkerer Motorleistung erst nächste Woche eingebaut. Der Wagen rollte aus.

Rüdiger Rattelsberger schlurfte mit käseweißem Gesicht aus dem Haus. Die Mitarbeiter des sechzigjährigen Gerichtsmediziners suchten seit dreißig Minuten im Gebäude nach Spuren. Wolfgang Loiperdinger trat vor seinen Chef.

„Frau Kuhlmann Senior wurde ermordet, Wolfgang."

„Wie bitte?"

„Ich konnte dir vorhin lediglich zurufen, so schnell wie möglich zum Tatort zu kommen. Plötzlich ist die Verbindung zu deinem Handy abgebrochen."

„Wäre es möglich, den geschätzten Herren lediglich einige wenige Minuten ihrer außerordentlich kostbaren Zeit zu stehlen?"

Beide Polizeibeamten horchten auf.

Immer wenn der Gerichtsmediziner förmlich wurde und seine Ausführungen rhetorisch ausschmückte, lief er zu intellektueller Bestform auf.

Grundsätzlich beschrieb der Polizeiarzt zuallererst nüchtern die Situation. Danach entwickelte er alternative Todesursachen, denen er Wahrscheinlichkeiten zuwies. Seine Thesen begründete er detailliert.

„Die erdrosselte Frau liegt bekleidet im Schlafzimmer auf dem Bauch. Ich weiß, wie Sie meine Analysen schätzen. Daher spicke ich die Thesen mit wichtigen, Ihre Ermittlungsarbeit voranbringende, Detailinformationen.

Meine Leute diagnostizierten am Hals und im Kopfbereich der Leiche mehrere punkt- und fleckenförmige Blutaustritte. Besonders auffällig sind die winzigen Öffnungen im Bereich der Binde- und Lidhaut. Wenn man erdrosselt wird, tritt der Tod ein, weil der Blutstrom Richtung Gehirn unterbrochen wird. Beim erwürgt werden kommt es zum Atemstillstand. Erhängen ist eine Tötungsmethode, die mit dem eigenen Körpergewicht arbeitet."

Wolfgang Loiperdinger schluckte.

Der Kommissar mochte und schätzte den Gerichtsmediziner. Streckenweise informierte Rattelsberger nach seinem Geschmack zu detailliert und bildhaft über Mordumstände, Waffen und Leichenzustände. In Gedanken zog der Niederbayer an drei Zigaretten gleichzeitig.

„Der Mörder nahm eine fünfzehn Zentimeter neben dem Opfer gefundene Drahtschlinge zur Hilfe, um sein Werk zu verrichten. Die tiefen Halseinkerbungen deuten darauf hin, dass durch Fremdeinwirkung sehr starker Druck ausgeübt wurde. Meine Kriminaltechniker fanden keine täterrelevant verwertbaren DNA–Spuren. Ich werde die Leiche am Abend im gerichtsmedizinischen Institut in der Nussbaumklinik obduzieren. Der Mörder tötete sein Opfer gestern zwischen 18:00 und 0:00 Uhr. Mir sind zwei Dinge aufgefallen. Die alte Frau war durchtrainiert und technikaffin. Vier Notebooks und drei Smartphones sprechen ihre eigene Sprache. Meinen Bericht werden Sie morgen um Punkt acht auf dem Schreibtisch finden. Ich empfehle mich. Schönen Abend."

Der Gerichtsmediziner hob die Hand und zuckelte zum Auto. Wolfgang Loiperdinger lehnte kalkweiß mit einer Zigarette im Mund an der Hauswand.

„Wer tötet eine alte Dame derartig bestialisch?"

Der Hauptkommissar zuckte mit den Schultern.

Beide Kriminologen waren ratlos. Dieser Fall steckte in der Sackgasse.

Der Chef vom „Ristofisch" besaß kein Alibi. Außerdem verschleierte er seine brasilianische Herkunft und täuschte eine italienische Staatsbürgerschaft mit deutschen Wurzeln vor. Darüber hinaus war er an einem Drogenumschlagsplatz im Bahnhofsviertel gesehen worden. Allerdings zeigte der Mann Nervenstärke und war seit achtundvierzig Stunden untergetaucht.

Es war ausgeschlossen, die Afghanen zeitnah zu vernehmen. Die Großfamilie hielt sich seit Tagen unauffindbar im Großraum Kabul auf, wie die dortige deutsche Botschaft gestern auf Anfrage bestätigt hatte.

Olav Grieb weilte nach Aussage seiner Sekretärin weiterhin in den USA.

Die Geschäftsbeziehung des Assekuranzunternehmens zu Friedrich Kuhlmanns Fischzuchtbetrieb war einwandfrei.

Holtkötters Team hatte die Jahresabschlüsse von „Aquakult" akribisch geprüft und keine Unregelmäßigkeiten festgestellt. Die Wirtschaftskriminologen durchleuchteten sämtliche Verträge zwischen „Accurata" und der Fischzuchtfarm, ohne etwas Auffälliges zu entdecken. Jedwede Klausel war einwandfrei formuliert. Unredliche Nebenabsprachen bestanden nicht. Friedrich Kuhlmann hatte Versicherungsprämien wie Dividenden fristgerecht bezahlt. Die verabredete Anteilskaufsumme ging nach handelsgerichtlicher Eintragung in voller Höhe fristgerecht auf das Bankkonto des Aquafarmers ein.

Nachdenklich kratzte sich der Kommissar den Stoppelbart.

Seit vierzehn Tagen traten die Untersuchungen auf der Stelle. An den professionell vorbereiteten und durchgeführten Zeugenbefragungen lag es nicht, dass sie keinen Zentimeter vorankamen. Bis zur jetzigen Stunde hatte er seinem Boss das Aktenstudium überlassen. Alle Teammitglieder wussten Bescheid. Klar befasste sich ungern mit Ordnerinhalten. Dieser Mann arbeitete unkonzentriert.

Angenommen es gelang dem Kommissar nachzuweisen, dass die Ermittlungen stockten, weil der verantwortliche Einsatzleiter Vernehmungsprotokolle schlampig gelesen hatte, wäre die Beförderung Annette Dirolfs passé.

Verschlagen grinste Wolfgang Loiperdinger vor sich hin. Seit Jahren pflegte der Kommissar wohlbedacht das Image eines kettenrauchenden, entspannten Lebemannes. Die Umgebung des Niederbayern belächelte dessen Kauzigkeit, seine Alkoholabhängigkeit und Nikotinsucht. Kollegen charakterisierten ihn hinter seinem Rücken als Verlierertyp.

Ihm war es gelungen, sein berufliches Umfeld hinters Licht zu führen. Er konnte an der Erreichung seiner Ziele arbeiten, ohne Argwohn zu erregen.

Der ordnungsliebende Süddeutsche wünschte, in Ruhe arbeiten zu können, ohne dass ihm unfähige Preußen oder arrogante besserwisserische Oberbayern reinquatschen. Fernerhin war er der weit geeignetere Hauptkommissar im Dezernat. Dieser hyperempfindliche Schwabe im Nachbarbüro sollte sich endlich aus der Maxburg schleichen.

Seine Gedanken fanden zum Fall zurück.

In Friedrich Kuhlmanns Familie trauerte lediglich die Tochter. Die anderen schauspielerten. Morgen würde er sämtliche Vernehmungsprotokolle anfordern und in der folgenden Nacht durcharbeiten. Der Polizeibeamte war sich sicher. Sein Chef hatte ausschlaggebende, in den Akten niedergeschriebene Details überlesen oder vorsätzlich verschwiegen.

Loiperdinger schielte zum Wohnhaus.

Einer der dutzend Astronauten hatte die weiße Schutzmütze vom Haupt gezogen.

Ein verschwitztes, sommersprossenübersätes Frauengesicht erschien.

Die Mitdreißigerin warf ein schweißdurchnässtes Kopftuch in den grauen Plastikeimer. Sie erinnerte an die von stundenlang erfolgloser Ermittlungsarbeit erschöpfte Andrea Sawatzki im Schlussakt eines mittelmäßigen Tatorts des Hessischen Rundfunks.

Verlegen lachte die attraktive, rotblonde Kriminaltechnikerin den Kommissar an.

Ein Rülpser als Spätfolge des vorabendlichen Barbesuchs ohne Alkoholexzess fand seinen Weg nach draußen. Wolfgang Loiperdingers Backen leuchteten rot.

Astronautins Zeigefinger touchierte den hellen Pfeil in der Handydisplaymitte. Aus geweiteten Augen starrte sie den Kriminalbeamten an.

„Dies ist ein Smartphone vom Mordopfer. Ich habe mir das Video viermal angeschaut. Sehr aufschlussreiche Bilder."

„Wir werden Ihr Filmchen genau unter die Lupe nehmen. Ich gehe davon aus, Sie haben die Fingerabdrücke gesichert. Vielen Dank dafür."

Wolfgang Loiperdinger entriss der Kriminaltechnikerin das Handy und ließ es in die Jackentasche flutschen. Mit einem kurzen Kopfnicken verabschiedete er sich von der verdutzten Frau.

Aus den Augenwinkeln bemerkte er, wie entgeistert ihn sein Chef anglotzte. Zufrieden zündete er sich die erste Zigarette des Tages an. Im nächsten Moment schmiss er den Glimmstängel auf den Boden und drückte ihn fest aus.

München, Großmarkthalle, 30. Oktober 2015, 11:30 Uhr

Der ehrenamtliche Helfer war eine halbe Stunde vor der Zeit auf dem Marktgelände. Gregor Klar hatte den Vormittag für einen Fünfzehn-Kilometer-Lauf am westlichen Flussufer genutzt. Trotz dass der Kripomann neunzig Minuten gejoggt war, war er am Boden zerstört. Versagensangst schnürte ihm die Kehle zu.

Die Münchner Polizei hatte unter seiner Verantwortung bis jetzt keinen konkreten Tatverdächtigen benannt. Die Zahl fallspezifischer Presseanfragen war in der zurückliegenden Woche um fünfzig Prozent sprunghaft angestiegen.

Der Einsatzleiter linste aufs Handydisplay. Eine SMS Annette Dirolfs war eingegangen. Sein Kollege hatte ihr mündlich aufgetragen, ihm unverzüglich sämtliche Fallunterlagen zukommen zu lassen.

Der freiwillige Helfer band die Schürze zu.

Kratzbürste war außer Sichtweite.

Ein grauer Lieferwagen mit Gemüse und gekühlten Waren an Bord hielt knapp hinter dem dunklen Mercedeslaster mit geöffnetem Heck.

Gregor Klar identifizierte Peter von Müller am Opelsteuer.

Neben ihm hockte Katrin Gottschall. Fröhlich winkte die jugendlich wirkende Mittelfränkin mit auf und ab wippender, blonder Löwenmähne aus dem Fahrerhaus.

Die Miene des Ehrenamtlichen hellte augenblicklich auf. Schmunzelnd nickte er der hübschen Schwabacherin zu.

Vier wegen chronischen U-Bahn-Schwarzfahrens Sozialdienst ableistende junge Männer in betriebseigenen Anoraks mit Firmenlogo stellten die Stellflächen auf.

Mit lautem Krach rastete der Schnappverschluss einer klapprigen Holzbank ein. Endlich war die erste Verkaufsfläche komplett. Die Burschen schnauften.

Hinter dem Hauptkommissar hupte ein wild gestikulierender, dunkelhäutiger Gabelstaplerfahrer mit breitem Schnurrbart vier Fußgänger von der Straße.

Dutzende Tauben flatterten kreischend gen grauen Herbsthimmel.

Eine dickliche, mittelgroße Frau schoss auf Gregor Klar zu.

Dem Hauptkommissar fiel die zottlig rote Frisur der Mittsechzigerin ins Auge.

Hektische Bewegungen, zerfurchtes Gesicht und wirres Augenflackern machten sie dem Polizeibeamten auf den ersten Blick unsympathisch. Die freiwillige Helferin stoppte vor der Theke.

In einer Box lagen Porree, Sellerie, Tomaten und Radieschen.

Zottelhaar betatschte das Gemüse.

Hinter dem Verkaufsstand quollen Lebensmittel aus sechs randvoll gefüllten Gitterboxen.

„Herrschaftszeiten! Uns fehlt Salat."

„Ich verstehe nicht."

Fassungslos blickte ein junges Mädchen die ungepflegte Frau an.

Die Siebzehnjährige war komplett schwarz bekleidet. Ein regenbogenfarbener Ohrenklipp brachte Farbe in ihr blasses Antlitz. Das dünne Mädchen wischte sich Strähnen aus dem Gesicht.

„Wir rechnen mit weiteren Gaben. Sobald alle Nahrungsmittel zugestellt sind, füllen wir die Kisten auf den vorderen Bänken. Bis das so weit ist, bleiben die Viktualien in den hinteren Boxen."

„Sollen wir zusätzliche Tische aufstellen? Unsere Kunden könnten bei größerer Verkaufsfläche schneller bedient werden. Die Schlange würde kürzer."

„Wenn wir alle profanen Anfängervorschläge berücksichtigen würden, stünden hier sieben, acht oder mehr Tafeln. Wir haben an besserwisserischen Tipps keinen Bedarf, sondern benötigen Arbeiter!"

Gregor Klar war bei der kleinen Gesellschaft angelangt.

Tageschefin schoss mit stechendem Schritt heran.

Die bebrillte Fünfundvierzigjährige strahlte auf den ersten Blick Souveränität aus. Dies lag vor allem daran, dass sie im relativen Vergleich ein weniger gnomenhaftes Bild wie Kratzbürste und Zottelhaar abgab. In der Hand hielt sie mehrere lose Blätter.

Als einzige Ehrenamtliche auf dem Großmarktgelände trug die Frau ein Namensschild. Beate Grüns Augen blinzelten die freiwilligen Helfer hinter dicken Brillengläsern an.

Der Hauptkommissar schätzte die Sehhilfenstärke auf mindestens zehn Dioptrin. Ihn gruselte bei der Vorstellung, bald ein Gesicht verunstaltendes Nasenfahrrad tragen zu müssen. Jessica hatte für Mittwoch nächster Woche in der Flughafenklinik einen Untersuchungstermin vereinbart.

„Guten Morgen. Wie geht's?"

Tageschefin senkte den Blick. Sie überflog die Standplanung.

„Unsere neue Praktikantin hilft am Gemüsestand. Möchtest du Uta unterstützen, Gregor?"

Mit außerordentlichem Bedauern wollte der Hauptkommissar absagen, als Kratzbürste energisch um die Ecke bog. In wenigen Momenten dürfte sie die Gruppe erreicht haben und ihren Anspruch auf Unterstützung anmelden.

Gregor Klars Körper durchflutete ein Dreisekundenschüttelfrost. Am liebsten hätte er sich unsichtbar gemacht. Der Kriminalbeamte war gezwungen, zwischen Pest und Cholera wählen zu müssen. Tageschefin erwartete unverzüglich eine Antwort.

„Ich buckle seit zwanzig Jahren für den „Münchner Tisch". Dies ist mein Bereich. Es ändert sich bloß was, wenn ich's anordne. Gregor entsorgt Müll wie Pappe und klappt leere Plastikboxen zusammen."

Zottelhaar baute sich mit in die Hüften gestemmten Händen vor Beate Grün auf. Die Fronten der beiden Frauen waren nur wenige Zentimeter voneinander entfernt. Ihre Augen blitzten.

Der Hauptkommissar zog den Kopf ein. Er wusste, wann ein Mann schweigend zu kapitulieren hatte.

Wortlos wandte sich Uta Molitor ab und schlitzte ein Netz Weißkohl auf. Ihre Kontrahentin fixierte sie mit zusammengekniffenen Augen.

„Es gab in den zurückliegenden Wochen eine Menge Beschwerden von Kolleginnen, Kunden und Lieferanten. Vor deiner Box staut es sich Woche für Woche."

„Ich bin nie schuld. Immer verbocken es andere. Dieses Smartphonevideo entlastet mich. Ich bin Gerechtigkeitsfanatikerin."

Die Hessin zeigte mit ausgestreckter Hand und hochrotem Kopf auf zwei Helferinnen, die am nur wenige Meter entfernten Nachbarstand Putenflügelwurstpackungen von Hähnchenschlegelpaketen trennten. Die beiden schienen die Anschuldigung erwartet zu haben und hatten ihren Kolleginnen die Rücken zugewandt.

Die fünfundvierzig Jahre alten Zwillingsschwestern machten sich in der schweinefleischfreien Zone für Hartz-IV-Empfänger moslemischen Glaubens zu schaffen.

Zottelhaar zog ihr Smartphone aus der weißblauen Schürze.

Mit durchgedrücktem Kreuz präsentierte sie reihum die Beweisaufnahme. Vor dem Wagen mit den Kühlwaren war eine dreißig Meter lange Menschenschlange zu sehen.

Genervt drehten Tageschefins Augen nach oben.

Beate Grün presste das Klappbrett an ihre üppige Brust. Mit gesenktem Blick spurtete sie zum nächsten Stand.

Siegestrunken steckte die Hessin ihr Smartphone in die Schürzentasche.

Gregor Klar gesellte sich neben die Praktikantin.

„Bisweilen zeigen sie menschliche Seiten."

„Unvorstellbar!"

„Sakrament! Was nuschelt ihr da vor euch hin?"

Kratzbürste war hinter die beiden geschlichen. Haarbüschel hingen der Mittsechzigerin wirr ins Gesicht. Ihre ungepflegten Hände waren in tiefen Schürzentaschen versteckt.

Der Hauptkommissar schaute zur Seite. Unverzüglich verbesserte sich seine Laune. Peter von Müller wackelte dem Kripomann stark winkend entgegen. Endlich war es möglich, den Kollegen Nummer eins wegen einer gemeinsamen Bergwanderung am nächsten Wochenende zu befragen.

Ein dauerpiepsender, zurücksetzender Zehntonner mit verdrecktem, griechischem Kennzeichen nahm dem Polizeibeamten die Hoffnung, sich bald mit dem Sechzigjährigen unterhalten zu dürfen. Minuten würden vergehen, bis die Straße zu überqueren war.

„Accurata" sponsort uns. Olav Grieb sitzt im Beirat unseres Vereins. Ein arroganter Kerl. Bei dem Monatsmeeting am Montag musste ich neben ihm hocken. Es war kein anderer Platz frei. Wir haben in der Gaststätte auf dem Betriebsgelände getagt. Uta hat sechsmal nach dir gefragt. Vermutlich wird sie dement. Oder sie ist in dich verschossen."

Kratzbürstes verschlagener Blick holte den Hauptkommissar in die Ermittlungsrealität zurück.

Ihm dämmerte es.

Wenige Tage zuvor hatte er im Kundenmagazin der Versicherung einen Hinweis auf materielle Unterstützung des „Münchner Tischs" gelesen. Die „Accurata"-Kantine in der Maxvorstadt kochte an drei Wochentagen auch für Hartz-IV-Empfänger.

Gregor Klar beglückwünschte sich nachträglich. Gott sei Dank war er an jenem Abend wegen eines Kinobesuchs mit Jessica verhindert gewesen. Kratzbürstes und Zottelhaars nervtötendes, inhaltsleeres Dauergeplapper waren ihm erspart geblieben.

„Der Versicherungsmann hat ein Bier nach dem anderen gesoffen. Gegen Mitternacht sind wir auf den Giftskandal in Fioris Restaurant zu sprechen gekommen. Er wusste vom Tode Sandra Hochbergers. Die Arme liegt nimmer im Klinikum. Über ihr Ableben hat die Abendzeitung berichtet."

Der Hauptkommissar nickte. Doktor Schulte hatte heute wegen des Boulevardpressebeitrags fünfmal um Rückruf gebeten.

„Dieser überhebliche Kerl protzte. Er hat das jederzeitige Recht, im „Ristofisch" umsonst zu essen. Warum mutet sich Fiori einen derartig unfreundlichen Typen zu?"

„Ist ein Wirt gezwungen, alle Gäste zu mögen? Kollegen kann man sich auch nicht backen. Ich kann ein Lied davon singen."

Kratzbürste lachte laut.

Die ehrenamtliche Helferin schien schwarzen Humor zu mögen. Der Hauptkommissar hatte sie unterschätzt. Vielleicht würde ihm die Frau am Ende noch sympathisch werden, wenn er sie intensiver kennengelernt hatte.

„Die sind befreundet. „Ristofisch" ist bei „Accurata" versichert. Beide Männer sind gemeinsam nach New York geflogen. Olav Grieb hat mit Fleischtempeln in Little Italy und Chinatown angegeben. Er brüstete sich, als Mitglied des 48oz Clubs von Shula's Steakhouse auf einem kalifornischen Silbertäfelchen verewigt zu sein."

Kess gaffte Kratzbürste den Hauptkommissar an.

Gregor Klar strich mit Daumen und Zeigefinger über den trockenen Mund.

Es bestand eine übers Geschäftliche hinausgehende Verbindung zwischen Fiori und Grieb. Für den Polizisten war nicht nachvollziehbar, warum sich der Restaurantbesitzer trotz ökonomisch prekärer Situation derart spendabel wie von Kratzbürste behauptet zeigte. Möglicherweise erpresste der Versicherungsangestellte den Brasilianer. Den Grund hierfür mussten sie schnellstmöglich herausbekommen.

München, „Ristofisch", 30. Oktober 2015, 19:30 Uhr
„Zum Donnerwetter! Habe ich mich nicht deutlich ausgedrückt? Uns darf niemand zusammen sehen. Komm schon rein."

Hannes Fioris Stimme zischte.

Mit funkelnden Augen riss der Südländer den Vermummten in den Windfang. In einem Ruck zog er die grauen, blickdichten Stores im Hauptraum des Lokals zu. Zuvor hatte er verängstigt durchs Fenster geprüft, ob sich auf der Straße oder dem Trottoir etwas Verdächtiges zeigte.

Der Brasilianer sperrte das Türschloss ab und hing das Schild „Leider geschlossen" ins Fenster.

Felipe Gonzalez zog provozierend langsam die Kopfhörerstecker aus den Ohren und schob die Kapuzenmütze in den Nacken. Er trug eine modisch designte, getönte Sonnenbrille. Der mit grauem Trainingsanzug wie schwarzweißen Sneakers bekleidete Athlet winkte gelangweilt ab.

Hannes Fiori stellte ein Glas Apfelschorle auf den Tisch.

„Ich habe die Lage gecheckt. Mach dich locker. Da ist niemand."

„Die Polizei hat mich per Einschreiben zur Befragung ins Präsidium einbestellt. Ich bin nicht hin. Was gibt's? Willst du essen?"

„Und dann versteckst du dich im Restaurant. Ich finde das dumm. Papa hat angerufen."

Felipe Gonzalez' Stimme klang auf einen Schlag drohend. Seine schokofarbige Gesichtshaut schimmerte. Der junge Brasilianer beugte sich konspirativ vor.

Der Gastronom hielt sich mit dem jungen Mann allein im Restaurant auf. Die Küche war durch zwei Türen vom Speiseraum getrennt. Kein Geräusch drang nach außen.

„Was spricht mein älterer Bruder?"

„Dad hat mit seinen norddeutschen Kumpels gesprochen. Wir sollen uns die Ladung endlich krallen. Der Stoff ist in einem unbewachten Bauernhofschuppen deponiert. Vater fragt, wann wir zuschlagen."

Hannes Fiori fixierte die Vase auf dem gedeckten Esstisch. Achtlos schob er Löffel, Messer und Gabeln zur Seite. Hunderte Schweißperlen tanzten auf seiner Stirn.

Dass das unumstrittene Oberhaupt seiner brasilianischen Großfamilie aus der Ferne so vehement den Druck erhöhen würde, hatte er nicht vorhersehen können. Der Mittsechziger war sich der Konsequenz im Handeln seines Bruders bewusst. Der Mann agierte skrupellos, wenn sich Dinge nicht so entwickelten wie er sich das vorstellte.

Fiori blieb keine Wahl, als neu zu disponieren. Bis Jahresende waren eine Million Euro nötig, um sein Lebenswerk zu retten. Er würde seinen Bruder um drei Tage Bedenkzeit bitten. Diese Zeit musste reichen, um die Aktion allein durchzuziehen.

Dieses Bürschchen sollte sich gefälligst schnellstens von dannen trollen. Fiori ließ seinem Neffen zehn Minuten Zeit, sich zu verabschieden. Danach würde er den unerzogenen Bengel rausschmeißen.

München, Maxburgstraße, 31. Oktober 2015, 15:00 Uhr

Zita schüttelte sich. Vor wenigen Minuten war das Tier vom Spaziergang mit Annette Dirolf zurückgekommen.

Die Gebeine der alten Hundedame krachten. Der Rhodesian Ridgeback strich schwanzwedelnd um Herrchens Jeans. Drei schüchterne Nasenstüber folgten.

Gregor Klars untertassengroße Hände strichen über den hellbraunen Hunderücken.

„Nein, Urschel. Ich arbeite."

Die Hündin trottete mit hängendem Kopf weiter. Auf ihren energisch gerufenen bayerischen Kosenamen reagierte sie sensibel.

Im Nachbarzimmer raschelte es.

Der Rhodesian Ridgeback spitzte die Ohren. Sekunden später tauchte der Tierkopf im randvoll gefüllten Trog ab.

Provokant vor sich hinlächelnd streckte Wolfgang Loiperdinger den Kopf durch die Tür.

Der Hauptkommissar registrierte den spöttischen Gesichtsausdruck seines Kollegen. Er stöhnte leise auf. Ihm war bewusst, um was es ging. Kurz zuvor hatte er vergeblich versucht, den Beamer funktionsfähig einzuschalten.

Seit anderthalb Dekaden probierte der Wahlmünchner erfolglos, sein beschämendes Technikamateurimage abzuschütteln. Vermutlich war es nervenschonender, jahrzehntelang kultivierte, kollegiale Fremdbilder zu akzeptieren als sich dagegen zu stemmen.

Auf dem Fernsehbildschirm war ein übergroßer, nach rechts gerichteter, weißgrauer Pfeil in einem Doppelkreis zu sehen.

„Was ist das, Loipi?"

„Nach was sieht es aus?"

„Ich tippe auf Nordseeküste am Abend. Siehst du den Geländewagen links im Bild? Kennzeichen WHV für Wilhelmshaven. Wer sind diese Typen?"

Wolfgang Loiperdinger steuerte in den Zeitlupenmodus und vergrößerte den Videoausschnitt.

Sämtliche Gesichter blieben unkenntlich. Die mit schwarzen Kapuzen und in Ölmontur bekleideten Gestalten mussten aufgrund ihrer Statur Männer sein. Hundert Meter hinter der kleinen Menschengruppe stieg der Wasserspiegel an. Bald würde das Wasser die Küste fluten.

„Schalt in den Normalgeschwindigkeitsmodus."

„Siehst du die Säcke auf den Holzpaletten? Die Kerle schleppen Paket für Paket zu den Käfigen."

Die Polizisten stierten auf den Bildschirm.

Der Laptopmotor summte.

Plötzlich zuckten die Beamten zusammen. Beide glotzten mit offenem Mund zur Tür.

„Entschuldigung. Es war nicht meine Absicht, euch zu erschrecken. Kaffee oder Tee?"

Zitas angegrauter Schädel schielte zwischen langen Beinen ins Büro.

Gregor Klars Assistentin stand über die gesamte Mundbreite lächelnd mit einem Tablett dampfender Tassen in der Tür. Ihre brünetten Haare schimmerten.

Die Dreißigjährige wirkte wie aus dem Ei gepellt.

Annette Dirolf trug zu grauem Hosenanzug und schwarzer Bluse eine silberne Halskette. Dezent aufgetragener Lippenstift verlieh dem Frauengesicht etwas Engelhaftes. Die Haut der jungen Rosenheimerin schien von einer Visagistin professionell behandelt worden zu sein.

„Lass uns einfach in Ruhe arbeiten! Du störst."

Im Nu erstarb das Lächeln der Assistentin. Kommentarlos stellte sie das Tablett auf den Schreibtisch. Wolfgang Loiperdingers schroffe Ansage hatte sie brüskiert.

Die Bürotür fiel krachend ins Schloss.

Dieser Aufzug rundete das Bild des Hauptkommissars über das ungebührliche Benehmen des Kollegen ab. Der Einsatzleiter tippte eine Notiz ins Smartphone.

Gregor Klar leerte in einem Zug das Glas Wasser. Wenigstens kribbelte es nicht mehr im Hals.

Die Kriminologen blickten auf den Fernsehschirm.

„Mach schnell, Mann. Wir müssen den Kram in einer Stunde in die Käfige bekommen. Bald ist die Flut bei uns. Vor Gezeiten hab ich Höllenrespekt. Die Riesenkäfige schieben wir auf Rollen ins Wasser. Probebetrieb. Hoffentlich ist die Ladung fest vertaut. Lass uns prüfen, ob alles sitzt."
„Schon gut. Der Stoff ist zehn Millionen Schlappen wert. Da arbeite ich lieber einen Tick langsamer."
„Ok. Gib die Leiter rüber. Ich montiere die Dinger oben fest. Morgen kommen die Viecher aus dem Süden und dann geht es rüber über den Teich."

„Warum sind wir nicht früher drauf gekommen? In diesen Paketen befindet sich Heroin! Der Riese krabbelt am Netz hoch und zurrt die Bündel fest. Wie hoch sind die Käfige?"

„Knapp vierzig Meter. Schätze, die Breite dürfte um ein Fünftel größer sein. Was für riesenhafte Teile."

Gregor Klar schnellte auf. Der Hauptkommissar raste die Büroecken ab. Währenddessen wandte er seinen Blick nicht vom Fernsehschirm ab.

Mit offenem Mund glotzte Wolfgang Loiperdinger dem Kollegen hinterher.

„Was geht ab?"

„Erinnerst du dich, was die olle Kuhlmann erwähnt hat, als wir sie das erste Mal befragt haben? Ihre Firma transportiert Aale in träge schwimmenden Riesennetzen über den Atlantik nach New York. Mattschwarz lackierte Aggregate an den Käfigseiten funktionieren als Antriebsmotoren. Diese Gangster schippern Drogenpakete in Käfigen übers Meer. Vor der amerikanischen Küste werden sie in Empfang genommen und an Land geschafft. Von dort geht es zu den Konsumenten. Die Verbrecher schmuggeln Stoff am deutschen und amerikanischen Zoll vorbei. Kein Mensch käme auf die Idee, Schnee in Fischkäfigen über Tausende Kilometer ins Land der unbegrenzten Möglichkeiten zu schmuggeln."

„Eins muss man dir lassen. Du kombinierst fix und dein Gedächtnis ist trotz hohen Alters okay. In zwei Punkten irrst du jedoch. Friderike Kuhlmann sprach über das Unternehmen ihres Sohnes. Außerdem hast du die Dame alleine vernommen."

Wolfgang Loiperdinger steuerte die Vorführung in den Normalmodus.

Ein dritter Mann hatte sich zu seinen Komplizen gesellt. Wie von Geisterhand gesteuert rollte einer der sechs Riesenkäfige im Zeitlupentempo über in Sand gelegte Bohlen der Nordsee entgegen. Gregor Klar hatte genug erfahren.

Freudestrahlend nickend strich er über den Dreitagebart. Endlich waren sie einen Schritt weiter.

Einige Fragen blieben. Der Hauptkommissar war gezwungen, die offenen Punkte im Notebook festzuhalten, bevor er sie vergaß.

- *Wie war das Video auf Friderike Kuhlmanns Smartphone gelangt?*
- *Hatte die alte Dame den Film selbst gedreht, einen Auftrag erteilt, oder wurde er ihr zugespielt?*
- *Wie ließ sich Heroin in gigantischen, mit Aalen bestückten Netzen, mehr als sechstausend Kilometer über Nordsee und Atlantik in die USA befördern, ohne dass Nässe es wertlos werden ließ?*

Der Hauptkommissar blickte auf das leuchtende Smartphone.

Eine Whatsapp-Nachricht von Kratzbürste war eingegangen. Die Afghanenbar würde morgen geöffnet sein.

München, Thierschstraße, 01. November 2015, 16:00 Uhr

Gregor Klar hatte den Fahrstuhl verschmäht und war hundertsechzig Stufen bis in den obersten Stock gestiegen. Mit erhöhtem Puls stand der Hauptkommissar vor der Tür von Anneliese Brikowskis Apartment.

Leise Mozartmusik ertönte. Der Klingelton harmonierte mit dem vornehmen Treppenhausambiente. Dem Polizisten imponierten vier Meter hohe, mit Barockengeln verzierte Decken. Schmiedeeisernes Geländer rundete den Eindruck eines perfekt kernsanierten Altbaus ab.

Annette Dirolf hatte die Mittsechzigerin gestern mit der Nachricht zum Tod ihrer besten Freundin konfrontiert.

Der Hauptkommissar kniff die Augen zusammen und spähte aufs Smartphone.

Seine Assistentin speicherte Protokollnotizen im Telegrammstil für Befragungen und aktualisierte sie laufend.

- *Telefonierte heute Abend zehn Minuten mit A. Brikowski*
- *Penthouse im Lehel ist ihr Refugium, wenn sie allein sein will*
- *Vorstandsgattin gab sich trotz trauriger Nachricht über den Mord redselig*
- *Dame stimmte spontan meinem Terminvorschlag zu*
- *Auffallend wissbegierige, neugierige Zeugin*
- *Fragt viel*
- *Will helfen, den Täter zur Strecke zu bringen*

AD, 31.10.15, aktualisiert 19:18 Uhr.

Das Smartphone glitt in die Hosentasche.

„Guten Tag. Die gnädige Frau empfängt Besuch im Salon. Wen darf ich melden?"

„Grüß Gott. Hauptkommissar Gregor Klar, Kripo München. Mordkommission."

Die Haushälterin um die Sechzig war aus dem letzten Jahrhundert übrig geblieben. Ihre kurzgeschnittenen Haare schimmerten. Sie war mit weißgrauer Bluse und grauem Rock bekleidet. Das Antlitz der Bediensteten erinnerte den Polizeibeamten an Mutter Theresa.

Der Beamte räusperte sich. Ihn irritierte der nasale Tonfall dieser Hausdame.

„Kommen Sie bitte mit. Ich werde der gnädigen Frau und Ihnen alsbald Tee und Gebäck servieren, vorausgesetzt, Sie sind einverstanden."

Der Hauptkommissar nickte mit offenem Mund.

Eine antike polierte Kommode mit vier silbergerahmten Porträtbildern der Bewohnerin samt erkennbar jüngerem Gatten verlor sich im Dreißig-Quadratmeter-Salon.

Sorgfältig vernähte bodentiefe Vorhänge aus grauem Satinstoff rahmten hohe hochglanzweiß lackierte Flügelfenster ein. In der Ecke befand sich eine rote Porzellanvase mit einem gigantischen Strauß roter und gelber Rosen. Die langstieligen Schnittblumen verbreiteten einen süßlichen Duft im angenehm temperierten Salon.

Anneliese Brikowski entstieg einer stoffbezogenen Chaiselongue.

Lächelnd schwebte sie dem Hauptkommissar entgegen. Die blondierte Frau gab nach außen das Bild einer Diva in einem tonlosen Dreißiger-Jahre–Schwarzweißfilm ab.

Sie trug zur grauen Hose und schwarzem Rollkragenpulli flache Schuhe. Die Farben ihrer Bekleidungsstücke glichen den Tönen von Bluse und Rock Mutter Theresas. Vermutlich hatte die Hausherrin sämtlichen Bediensteten auferlegt, einheitliche Trauerkleidung zu tragen.

„Trotz des schrecklichen Anlasses freut es mich, Sie kennenzulernen. Möge die Polizeiarbeit erfolgreich sein."

„Ich möchte Ihre wertvolle Zeit keineswegs überbeanspruchen. Wie lange kannten Sie das Mordopfer?"

„Friderike und ich waren seit dreißig Jahren vertraut miteinander. Wir haben uns bei einer Benefizveranstaltung in der Versicherung kennengelernt. Mein Mann ist oberster Chef von „Accurata". Natürlich kennen Sie ihn aus der Zeitung. Die Talkshows reißen sich um Wolfgang. Ich bewundere ihn."

„Interessant. Charakterisieren Sie bitte Ihre Freundin."

„Friderike war eine zauberhafte Frau. Meine engste Vertraute hat mich nie im Stich gelassen, sobald ich Sie um Hilfe bat. Ihr Tod ist ein Verlust für alle Menschen, die diese feine Dame kennenlernen durften. Ich trauere sehr um sie."

„Sind Ihnen irgendwelche Namen von Feinden von Frau Kuhlmann vertraut?"

Die Mittsechzigerin zog ein Rüschentaschentuch aus der Hose. Ihre grauen, ausdrucklosen Augen waren knochentrocken. Erst jetzt fielen dem Hauptkommissar krähenhafte Gesichtszüge und durch Tusche ungenügend kaschierte, tiefe Augenringe auf.

„Rike stritt häufig mit der Schwiegertochter. Dieses böse Frauenzimmer hat einen herzensguten Ehemann hintergangen. Ich habe Wolfgang über den Betrüger, einen Kollegen, ausgefragt. Der Teufelskerl durchschaut Menschen innerhalb von Minuten. Mein Gatte nennt Olav Grieb firmenintern einen Schmierfinken."

„Klingt nach problematischer Familienkiste. Wie ist Ihre Freundin mit dem Dauerstreit umgegangen?"

Krähengesicht kratzte sich an der Nase.

Gregor Klar reckte den Kopf, um einen freien Blick zur Isar zu genießen. Der mächtige Hauptturm des Deutschen Museums ragte in den grauen Himmel. Ein großer Möwenschwarm umkreiste das dunkelgraue Backsteingebäude.

Bisher hatte die Zeugin keine Frage gestellt.

Bestenfalls trog Annette Dirolfs Menschenkenntnis und die Befragte war ausschließlich sachorientiert und nicht sensationslüstern. Eventuell kontrollierte die Taktikerin ihre Neugierde trotz allem nur mimisch perfekt.

„Friderike tat alles, die verhasste Schwiegertochter schnellstmöglich aus dem Haus zu bekommen. Die tiefe Abneigung war wechselseitig."
Anneliese Brikowski zog einen rotversiegelten Briefumschlag aus dem Blusenärmel. Blitzschnell schob sie ihn über den Tisch. Die schlanke Frau hielt den Atem an. Endlich gab ihre knochige Hand das Kuvert frei.
Der Hauptkommissar blickte erstaunt auf ein Dutzend durch den Rollkragen geschickt verdeckte Narben. Mehrere Schönheitschirurgen hatten handwerklich miserabel geliftet, gepolstert und gespachtelt.
Gregor Klar schmunzelte.
„Machen Sie schon. Die Polizei muss endlich erfahren, was meine Rike mitteilen wollte. Mich interessiert es nicht die Bohne, was im Brief steht."

Friderike Kuhlmann *Karlsfeld, September 2015*

To whom it may concern

Ich bin tot. Mögen Ihnen die Zeilen helfen, mein gewaltsames Ableben aufzuklären.
Hans und ich zogen 1961 von Strande nach München. Ich schenkte meinem geliebten Ehemann einen Statthalter.
Friedrich beging einen tragischen Fehler. Er heiratete.
Hans hätte gut daran getan, diese Unperson aus dem Haus zu schmeißen. 2008 passierte ein tragischer Unfall. Nach einem Handgemenge stürzte mein Gatte die Haussteige herunter.
Die Schlange wohnte weiter mit uns.
Ich installierte im Haus und in Hallen Kameras.
Meine Schwiegertochter hinterging Friedrich mit dem Partner ihrer Tochter. Dieses durchtriebene Subjekt schmuggelt Drogen.
Olav Grieb, ein Kollege, gibt den Komplizen. Ich bewahre in meinem Bankfach Beweisvideos auf. Sie zeigen ekelhafte sexuelle Handlungen meiner Schwiegertochter mit Felipe Gonzalez in

schmuddeligen Absteigen. Daneben ist bildhaft dokumentiert, wer die Drogenpakete in unsre Hallen schaffte. Den Tresorcode finden Sie auf der Rückseite meines Schreibens.
FK, München, im Oktober 2015

Der Ermittler legte das Papier mit der handbeschriebenen Seite nach unten auf den Tisch.

Es herrschte Totenstille.

Anneliese Brikowski schaute den Münchner Hauptkommissar aus zu Schlitzen mutierten Augen hasserfüllt an. Ihre dürren Finger trommelten im Stakkato auf die steinerne Tischplatte. Gesicht und vernarbter Hals der alten Frau waren mit blauroten Flecken überzogen.

Angewidert löste sich Gregor Klar von ihr.

Vermutlich war der Aquafarmgründer durch einen tragischen Sturz ums Leben gekommen. Zuvor schien es eine Rangelei mit seiner durchtrainierten Gattin gegeben zu haben.

Angenommen man schenkte den Zeilen Friderike Kuhlmanns Glauben, war sich ihr Sohn der Identität des oder der Drogenschmuggler bewusst gewesen. Die Ermordete hatte um die enorme Gefahr gewusst, in der sie schwebte. Ansonsten hätte sie nicht ein versiegeltes Briefkuvert bei ihrer besten Freundin deponiert.

Das Mordopfer belastete Angelika Kuhlmann, Felipe Gonzalez und Olav Grieb gleichermaßen. Möglicherweise hatte ihre Schwiegertochter mit mindestens zwei Männern gleichzeitig eine Affäre gehabt. Krähengesicht ging vom Verhältnis der Frau zu einem Kollegen aus. Die Getötete beschrieb eklige Bettszenen Angelika Kuhlmanns mit dem brasilianischen Zigarettenbürscherl.

Auf der morgigen Fahrt zum afghanischen Restaurant würde er Wolfgang Loiperdinger anweisen, die im Bankschließfach befindlichen Beweisvideos sicherzustellen und auszuwerten.

Der Einsatzleiter atmete durch.

München, Pettenkofer Straße, 02. November 2015, 14:00 Uhr
Wolfgang Loiperdinger drückte den Startstoppschalter des silbernen Dienstfünfers.

Das Polizeifahrzeug stand hundert Meter vor dem Etablissement im uneingeschränkten Halteverbot. Auf dem Armaturenbrett lag eine Polizeikelle.

Kandlbinder und die beiden Schafhuberbuben waren dem Leitfahrzeug in gebührender Entfernung gefolgt. In jedem Auto saßen vier Streifenpolizisten. Beide Dreier-BMW rollten mit Blaulicht ohne Signalhornton aus. Die Beamten parkten ihre Dienstwagen auf dem Seitenstreifen.

Gregor Klars Mundwinkel zuckten. Kreidebleich pellte sich der Einsatzleiter aus dem Beifahrersitz.

Wegen der halsbrecherischen Schlingertour durch Münchens Innenstadt hatte er seit Fahrtbeginn nichts herausgebracht.

Keuchend forderte der Kriminalbeamte über Funk Verstärkung an.

Der Kollege klopfte ihm auf die Schulter. Grinsend erkundigte sich Loiperdinger nach seinem Befinden.

Der Hauptkommissar ging, keine Miene verziehend, mit zusammengepressten Lippen zur geschlossenen Häuserzeile.

Trotz der Mittagszeit leuchteten vier Halogenstrahler den Eingangsbereich des orientalischen Restaurants grell aus.

Der Einsatzleiter schielte durchs von Schlieren gereinigte Fenster.

Sein Kollege hatte sich wortlos neben ihn gesellt.

Den Polizeibeamten stach sofort eine beträchtliche Zahl farbiger Wasserpfeifen auf der glanzweiß gestrichenen Heizköperabdeckung ins Auge.

Rechteckige Glastische mit bunt arabischbemusterten Echtholzrahmen dominierten den Raum. Schwarze Holzstühle mit dunkelfarbigem Stoffbezug luden ein, darin gemütlich zu verweilen. Ein riesiger Baldachin aus beigem Satin hing von der Decke.

Das afghanische Lokal sollte um 17:00 Uhr öffnen.

Wolfgang Loiperdinger drückte mit der Schulter gegen die angelehnte Metalltür. Lautlos schlüpfte er in den Speiseraum.

Eine Mischung aus Weihrauch und Opium nahm dem ehemaligen Kettenraucher den Atem. Hüstelnd griff sich der Kommissar an den Hals. Seine Augen tränten.

Gregor Klar folgte, an der Pistolenkoppel nestelnd, dem Kollegen auf dem Fuß.

Bevor der Einsatzleiter das Restaurant betreten hatte, nahm er beruhigt aus den Augenwinkeln am Straßenanfang vier ihre Fahrt verlangsamende Streifenwagen wahr.

Das lautlos gestellte Smartphone blinkte. Eine SMS war eingegangen. Ein kurzer Blick aufs Display genügte. Kandlbinder und die Schafhuberbuben sicherten den Hinterausgang.

Im Nebenraum lauschten die Polizisten hinter der angelehnten Tür dem Stimmengewirr.

Gregor Klars Zeigefinger kreuzte die geschlossenen Lippen.

Wie angewurzelt blieb sein Kollege stehen. Der Kommissar tastete mit geschlossenen Augen nach einem Halt bietenden Gegenstand. Beißende Drogendämpfe hielten Loiperdingers Sinne weiter benebelt.

Durch ein mit braunen Gardinen halb bedecktes kleines Fenster spähte der Einsatzleiter ins Nebenzimmer.

Die Pupillengröße des Polizeibeamten verdoppelte sich. Ruckartig zog er den Kopf zurück. Dem Kriminologen stockte der Atem.

Hoffentlich hatte ihn der kompakte Alte nicht bemerkt. Es bestand kein Zweifel. Dieser schnauzbärtige Endsechziger in der Zimmermitte musste der Anführer sein. Um ihn gruppierten sich neben einer Frau vier Männer.

Sekunden später riskierte der Hauptkommissar einen nächsten Blick. Das Herz klopfte bis zum Hals. Zitternd öffnete er den Sicherungsknopf seiner Pistolenkoppel.

Das Antlitz Wolfgang Loiperdingers wirkte eine Spur frischer als wenige Minuten zuvor. Auf Zehenspitzen trat er, ins Zimmer linsend, neben seinen Kollegen.

Olav Grieb fläzte mit vor der Brust verschränkten Armen im Stuhl. Die Mundwinkel des Athleten hingen weit nach unten. Neben ihm saß kerzengrade Angelika Kuhlmann. Ihr Gesicht glich einer Totenmaske.

Ihnen gegenüber rekelte sich Felipe Gonzalez im Sessel. Die Hände des jungen Mannes waren tief in der Sporthose verbuddelt. Die Füße des Models tippten rhythmisch auf den Steinboden.

Hannes Fiori lehnte an der das Zimmer mit dem Hinterhof verbindenden Stahltür. Grimmig fixierte der Restaurantbetreiber Michael Schnappauf, der mit angezogenen Knien auf dem Boden hockte.

„Wann holt ihr den Stoff endlich? Uns bleibt keine Zeit. Meine Geduld ist endlich! Ich fliege am Montag nach Rio. Bis dahin ist der Deal über der Bühne."

„Vater hat recht. Wir müssen handeln. Worauf warten wir?"

Hannes Fiori wandte den Blick von dem Versicherungsangestellten ab. Die Zungenspitze des Fünfundsechzigjährigen nahm von den anderen unbemerkt einen vom Oberlippenbart baumelnden Speichelfaden auf.

„Die Sache ist heiß gelaufen. Es gibt zwei unaufgeklärte Morde. Habt ihr das vergessen? Die Polizei nervt. Wir halten still und treffen uns in einer Woche wieder hier. Dann wird entschieden, das Rauschgift nach München zurückzuholen oder auf seinen Weg in die USA zu schicken. Sobald wir den Stoff zu Geld gemacht haben, teilen wir den Gewinn. Bis dahin halten die drei Zirkel still."

„Drei Zirkel? Ich verstehe nur Bahnhof. Was ich allerdings weiß, ist, dass du pleite bist und ohne Zögern Kohle brauchst."

Schnauzbart hatte sich wenige Zentimeter vor seinem Bruder aufgebaut.

Hannes Fiori ächzte. Schritt für Schritt wich der Lokalbesitzer, in der Sakkoinnentasche scheinbar nach Zigaretten fingernd, vor der massigen Gestalt zurück.

„Ich und mein Partner haben intensive Verbindungen zu afghanischen Freunden aufgebaut. Wir bezahlen die Drogenkuriere. Wir planen Stofftransporte. Wir zahlen drauf, wenn das Dope, warum auch immer, untergeht. Du und deine brasilianischen Kumpanen haben null Anspruch aufs Heroin. Ich ärgere mich, dass ich Dummchen dich in Interna eingeweiht habe. Ja, ich habe mir ausgemalt, der beste Kumpel meines Mannes würde mir helfen, erstklassigen Stoff in den USA hochpreisig loszuschlagen. Mit welchem Recht maßt du dir an, einen noch nicht erzielten Erlös durch sechs zu teilen."

Hasserfüllt stierte Angelika Kuhlmann den Geschäftsmann aus flimmernden Augen an.

Olav Grieb schluckte. Wie ein die Nähe seiner Mutter suchendes furchtsames Affenjunges hüpfte der Versicherungsbereichsleiter neben die Frau. Hilfesuchend streckte er ihr eine Hand entgegen.

„Du bist auf einem Video mit deinem Komplizen scharf zu erkennen. Ihr habt den Stoff in die Fischhalle geschafft und dort deponiert. Friderike hat mir eine Aufnahmekopie geschenkt. Sie wollte dich um jeden Preis loswerden. Wir können den Dreh gerne auf Youtube einstellen."

Hannes Fiori griente gemein vor sich hin. Der Restauranteigentümer trat wenige Schritte zurück, ohne den Blick von den anderen abzuwenden. Aus der Ecke vermochte er den Raum bequemer zu überwachen.

„Wir werden kämpfen. Sag endlich was, Olav!"

Angelika Kuhlmann fuhr sich durch zerzauste Haare. Die Augen schienen aus dem totenblassen Gesicht der Aktuarin hervorquellen zu wollen. Ruckartig wandte sie sich ihrem Arbeitskollegen zu. Die Fünfzigjährige stutzte. Sie hatte nicht wahrgenommen, dass ihr der Kollege lautlos wenige Fußbreit enteilt war.

Röte kroch Olav Griebs Hals hinauf. Verschämt hielt er den Kopf nach unten gesenkt, um dem stechenden Frauenblick auszuweichen.

Michael Schnappauf saß bewegungslos mit um die Knie geschlungenen Händen auf dem Boden. Der dünne Mann wirkte wie ein in den Anfangsminuten der ersten Wettkampfrunde wider eigenem Erwarten zu Boden geschlagener Leichtgewichtsklassenboxamateur.

„Keine Menschenseele auf der ganzen Welt teilt gern zum eigenen Nachteil. Ich zahle pünktlich und garantiere bei 1A–Warenqualität stabile Abnahmepreise. Obendrein erhöht sich unter meiner Regie die Absatzmenge. Ich tummle mich lange genug in der Restaurantszene. Mein Netzwerk zu Wiederverkäufern ist belastbar. Fünfzig Prozent eines höheren Verkaufserlöses bedeutet mehr für mich als einen niedrigeren Umsatz durch sechs, vier oder drei teilen zu müssen. Mein Kompagnon sieht das genauso."

Mit zusammengekniffenen Augen fixierte Hannes Fiori zunächst seinen Neffen und einen Sekundenbruchteil später Angelika Kuhlmann. Ohne den Blick von den beiden abzuwenden, zog der Restaurantbesitzer urplötzlich die lederne Aktentasche an seine Brust. Der Schnappverschluss sprang auf. Die sehnige Hand des Fünfundsechzigjährigen tastete das Innenleben der Ledertasche ab. Seine zusammengepressten Lippen umspielte ein fieses Lächeln.

Olav Grieb löste sich mit geröteten Augen endgültig von seiner Kollegin und tippelte zähneklappernd dem Lokalbesitzer entgegen.

Hannes Fiori klopfte ihm kräftig auf die Schulter. Im nächsten Moment schob er dem Dreißigjährigen einen Umschlag zu.

Auf einen Schlag lachte der ein Meter neunzig große Athlet wie irre hell auf. Die Kleinkaliberwaffe in seiner Rechten deutete allen außer dem Gastronom, sich zügig in der Zimmerecke zu sammeln.

Auf Marmorboden springendes Glas zerriss die Stille.

Schnauzbarts Antlitz ähnelte dem 2014 bei einer Razzia in Sao Paolos meist berüchtigtem Elendsviertel gefassten, landesweit bekannten

Massenmörder. Felipe Gonzalez' Vater fasste sich schwer atmend an die Brust.

Für einen Augenblick hätte man Stecknadeln fallen hören können.

„Ich wickle das Geschäft mit dem lieben Olav diesen Sonntag ab. Euch vier sperren wir in die Halle mit den Butten. Serbische Wachmänner werden Tag und Nacht für euer leibliches Wohl sorgen. Besonders mit Angelika dürften die Männer vom Balkan ihren Spaß haben."

Felipe Gonzalez fuhr in die Höhe. Mit geballter Faust stürzte er seinem Onkel entgegen. Das Gesicht des jungen Lateinamerikaners glich einer Fratze.

Olav Grieb entsicherte die Baretta. Der metallene Pistolenlauf bohrte sich in den Bauch des Burschen. Hannes Fioris Komplize drückte den Vierundzwanzigjährigen zurück Richtung Sessel. Tränenüberströmt hielt der Student seinen Kopf zwischen den Händen.

Gregor Klar zuckte zusammen.

Ein Luftzug hatte die schmutzige Gardine zum Nebenraum wackeln lassen.

Der Jüngste der Streifenpolizisten tippte dem Einsatzleiter von hinten auf die Schulter.

Genervt rollte der Hauptkommissar mit den Augen. Per Handzeichen befahl er dem rangniedrigeren Beamten, sich schleunigst geräuschlos zu verdrücken. Mit angehaltenem Atem presste der Kripomann ein Ohr an die angelehnte Tür.

Hannes Fiori stand wenige Fußbreiten hinter dem Verbindungsfenster. Mit vor der Brust verschränkten Händen stierte er seinen Neffen an.

„Die haben den Tod verdient. Warum musste mir dieser nach Fisch stinkende Versager in der Halle auflauern? Ich wollte bloß ein wenig Koks ziehen. Plötzlich ist der durchgedreht, hat gedroht, uns auffliegen zu lassen. Dafür habe ich ihm einen oder auch zwei mit der Schaufel mitgegeben."

„Quatsch. Friedrich wollte dich wegen Kokainkonsums anzeigen. Du bist und bleibst ein naiver Junge. Von einem Rauschgiftdepot auf dem Betriebsgelände hatte er Null Ahnung. Mein Kumpel rief am Tag vor seinem Tod an. Der Ahnungslose wollte mich über seine Frau aushorchen. Er hat vermutet, Angelika könnte was mit dem Drogenfund in der Halle zu tun haben. Er wusste nicht einmal, dass ich mit ihr zusammenarbeite. Du hast dich wie ein nervenschwacher Amateur bluffen lassen."

„Diese perverse alte Schreckschraube hat mich mit der Geli im Bett gefilmt. Die Olle war über alle Hotels, in denen wir's seit einem Jahr treiben, im Bilde. Mit Videos aus der Butten-Halle und von den Käfigtransporten wollte sie uns hochgehen lassen. Die Hexe wusste, wo der Stoff in die USA verschifft und das Zeug zwischengelagert wurde. Wir hätten Millionen verloren. Sie hat ihren Mann um die Ecke gebracht, nur um ein Millionengrundstück zu erben. Selbst erpressen ließ sich die Schlange nicht."

Wie von Sinnen schlug Felipe Gonzalez auf die Sitzlehnen. Das Antlitz des Vierundzwanzigjährigen ähnelte einer blutunterlaufenen Teufelsmaske im brasilianischen Karneval.

In dem stickigen Raum stank es nach Opium und Schweiß.

Gregor Klar zog die Dienstwaffe. Der Einsatzleiter hatte genug gehört und gesehen. Über das an der Stirn befestigte Mikrophon erteilte er den Zugriffsbefehl.

Wolfgang Loiperdinger und sein Kollege stürmten mit entsicherten Waffen ins Zimmer. Zeitgleich warf sich ein Kollege gegen die Hinterhoftür. Der Ausgang war bloß angelehnt gewesen.

In Sekunden füllte ein dutzend Polizeibeamte den Raum.

Handschellen klickten.

Angelika Kuhlmann und die Männer waren sich ihrer ausweglosen Situation bewusst. Widerstandslos ließen sie sich festnehmen.

Gregor Klar stützte sich an der Betonwand ab. Erleichtert atmete der Hauptkommissar mehrmals ein und aus. Am Ende war es einfacher als befürchtet gelaufen. Der knapp Fünfzigjährige durfte sich später eine Epicure gönnen. Vorher würde er dem Oberstaatsanwalt über den erfolgreichen Fallabschluss telefonisch berichten. Zufrieden schlug er seinem Kollegen auf die Schulter. Kommentarlos zündete sich Wolfgang Loiperdinger die erste Zigarette des Tages an.

Berlin, Schloss Bellevue, 24. November 2015, 09:00 Uhr
Sein brandneues Smartphone zeigte drei Grad Celsius.

Mit zusammengekniffenen Augen blickte Gregor Klar zum bewölkten Himmel.

Die Münchener Clique harrte schlotternd vor Schloss Bellevue aus. Schneefall hatte die Administration der Bundeshauptstadt über Nacht in Verlegenheit gebracht. Straßen, Baumkronen wie Rasenflächen waren weiß überzogen. Das erste Räumfahrzeug der Stadtreinigung würde nach Informationen von FOCUS Online in vier Tagen seine Arbeit verrichten können. Der Berliner Senat hatte es wie jedes Jahr versäumt, rechtzeitig die Streusalzdepots füllen zu lassen.

Gregor Klar schüttelte den Kopf.

Das Smartphone glitt in die Manteltasche. Der Hauptkommissar blickte zum Sitz des Bundespräsidenten.

Sechs Uniformierte in Landespolizeiuniform hüpften hinter dem Metallzaun von einem Bein aufs andere. Die Lippen der nur spärlich bekleideten Berliner Staatsbediensteten waren blau angelaufen. Vier mit Maschinenpistolen bewaffnete vermummte GSG-Beamte sicherten das Wachhäuschen am Eingang des Schlosses.

In einer Stunde würde Anna Wolff das Verdienstkreuz erhalten. Die Backen der siebenundsiebzigjährigen Wahlmünchnerin glühten.

„Ich bin gespannt, ob der Gauck so frisch aussieht wie im Fernsehen. Dieser Mann ist einer unserer attraktivsten Politiker."

„Lass dich überraschen. Weißt du, ob ihn seine Lebensgefährtin begleitet? Du hast bestimmt sämtliche Klatschzeitschriften von vorne bis hinten gelesen oder mindestens die Bildchen beäugt."

Die künftige Ordensträgerin katholischen Glaubens blickte zärtlich auf ihren Partner, mit dem sie seit zwanzig Jahren ohne Trauschein zusammenlebte.

Der Hauptkommissar schmunzelte.

Gregor Klars Vorschlag war von der bayerischen Landesregierung und dem Berliner Präsidialamt acht Monate nach Briefversand an Horst Seehofer positiv votiert worden.

Sämtliche Neider Anna Wolffs waren auf einen Schlag verstummt, nachdem die Wahlmünchnerin das im PDF-Format eingescannte Verleihungsschreiben an sechshundertachtzig Freunde und Bekannte gemailt hatte. Posthum wurde die Siebenundsiebzigjährige von Glückwünschen überschüttet. Zwanzig Minuten nach Nachrichtversand war es unmöglich, auf ihrer Mailbox eine Sprachnachricht zu hinterlassen. Marga, Irmgard und der Gemeindepfarrer gehörten zu den ersten Gratulanten.

Gregor Klar linste aufs Handy. Für eine Sekunde zögerte er, den Telefonanruf anzunehmen. Respekt gegenüber Münchens Chefankläger wog stärker als das Gefühl, dem alten Besserwisser die kalte Schulter zu zeigen. Der Münchener Kripomann presste das Smartphone ans Ohr.

„Doktor Schulte hier. Wo verstecken Sie sich?"

„Guten Morgen, Herr Oberstaatsanwalt. Ich spaziere vor dem Schloss Bellevue auf und ab. In wenigen Minuten empfängt mich unser Bundespräsident."

„Wollen Sie mich auf den Arm nehmen, Klar? Mir ist nicht nach einem ihrer merkwürdigen Scherze zumute. Wir beklagen eine neue Leiche. In der Maxvorstadt liegt eine Achtunddreißigjährige tot in einem Großraumbüro. Die Ärmste wurde rücklings erschossen. Rattelsbergers Kriminaltechniker und ein Trupp erfahrener Schutzpolizisten sind bereits am Tatort. Lassen Sie sich von Ihrer reizenden

Assistentin die Adresse übermitteln. Annette Dirolfs Beförderung geht übrigens in Ordnung. Ich befürworte die Entwicklung dieser talentierten jungen Frau zur Kommissarin ausdrücklich. Meine Gemahlin und ich fliegen am Montag nach Rio de Janeiro. Von dort werden wir in einer Außenkabine der Queen Mary über Sao Paolo nach Feuerland reisen. Sie können nachvollziehen, dass ich mich bei Windstärke zehn auf gar keinen Fall mit dieser tragischen Bluttat befassen kann, so leid es mir auch tut."

Das war zu viel. Doktor Schultes Fall konnte warten.

Der Polizist drückte die Austaste. Das Smartphone verschwand in der Manteltasche.

Lächelnd wandte sich der Hauptkommissar der Freundesschar zu.

Anna Wolffs graublaue Augen blitzten ihn fröhlich an.

rf: rüdiger|frischmuth

Rüdiger Frischmuth

1965 geboren, Unternehmensberater, Naturfreund und Globetrotter. Liest seit frühester Jugend Krimis US–amerikanischer und europäischer Autoren. Futterneid ist sein zweiter Wirtschaftskrimi.